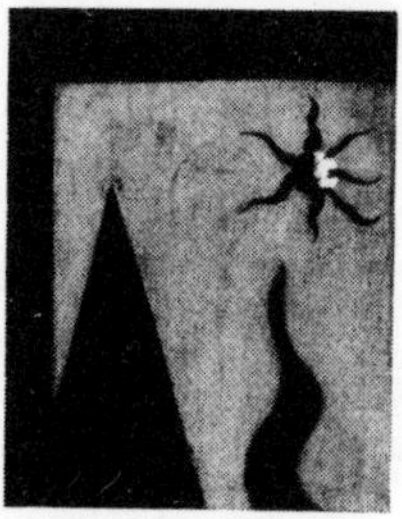

BECK & GLÜCKLER

Jean-François Vilar

Djemila

Aus dem Französischen
von Christel Kauder

BECK & GLÜCKLER

Titel der Originalausgabe:
Djemila

Deutsche Erstausgabe
1. Auflage 1989

Holbeinstr. 8, D - 7800 Freiburg
Lektorat: Jutta Beck, Dagmar Sartorius
Übersetzung: Christel Kauder
Umschlagdesign: Book Graphics
Satz: Barbara Herrmann, Freiburg
EP-Belichtung: Johannes Schimann, Pfaffenhofen
Druck und Bindung: Freiburger Graphische Betriebe
Printed in West Germany

ISBN: 3-924175-39-X

Djemila

Verlockend. Aus purem Vergnügen läßt Djemila folgendes in ihrer Jackentasche verschwinden: eine Compact-Disc von «Europe» (für sich), *The Final Countdown,* und die *Fünfte* von Mahler (für Sinclair). Auch die Jacke ist geklaut. Aber vor langer Zeit und anderswo. Nicht in einem jämmerlichen Supermarkt. Jetzt, nach all den Stürmen und mit dieser Patina aus abgewetztem Leder gehört sie ihr, definitiv.

Sinclair liebt die endlose Musik von Mahler. Er liebt Djemila mit ihrer Halbstarkenjacke. Ein übergeschnappter Kerl.

Sinclair ist nicht sein wirklicher Name. Nur ein Pseudonym, eine Erbschaft aus der Résistance, beibehalten wie ein Fetisch. Kein Mensch kommt mehr auf die Idee, ihn anders zu nennen. François Sinclair. Der Herr Professor.

Die Hand dieses Typs, des Hausdetektivs. Auf ihrem Arm. Sie ist ertappt.

– Mademoiselle…!

Sie hat ihn sofort erkannt. Leinenblouson, Jeans Turnschuhe. Ein angestellter Schnüffler. Ein Hausdetektiv mit dem Abzeichen der Agentur Protector. Das ist die Spielregel, sie hat ihn herausgefordert. Niemand kann sie daran hindern zu tun, worauf sie gerade Lust hat. Sich nach Belieben in einem Scheißkonzern zu bedienen, wenn sie will. Der Typ dürfte etwas jünger sein als sie. Nicht besonders groß. Spärlicher blonder Jünglingsschnurrbart, ausrasierter Nacken. Djemila schätzt, daß er ziemlich kräftig ist. Und so gefällt es ihr besser.

– Folgen Sie mir bitte.

Er ist nicht sehr selbstsicher. Ringsherum hat man das Schauspiel verfolgt. Ohne wirklich stehenzubleiben oder zusammenzulaufen. Klauen im Kaufhaus ist an der Tagesordnung, jeder probiert es mal. Eine dunkelhäutige Frau, auf frischer Tat ertappt: Routine. Djemila registriert ein paar Anzüglichkeiten in den Blicken mancher Einkaufswagenschieber. Araberin, aber zum Bumsen gar nicht so übel.

– Da entlang.

Die Hand liegt jetzt sehr fest auf ihrer Schulter, krallt sich in das Leder. Dieser Typ ist fast zu vorschriftsmäßig. Er führt sie ab in Richtung einer zweiflügeligen Tür. Unterwegs fällt Djemila auf, daß Computerspiele Hochsaison haben.

– Vorwärts, sagt er.

Dieser Idiot. *Exit* Spielzeugabteilung, Blumenornamente. Ein Treppenabsatz. Eine nackte Betontreppe. Ein handgeschriebenes, mit Klebestreifen befestigtes Schild zeigt an, daß es zur Direktion nach oben geht. Direktion?

– Sehen wir doch mal nach.

Er drückt sie an die Wand, durchwühlt ihre Taschen, ganz Profi, und streift dabei ihre Brust, findet die Compact-Discs, das Parfumfläschchen, den Füller, die Brieftasche. Besser gesagt, eine Ausweistasche. Ein Geschenk von Sinclair aus schönem, echten Leder. Er wirft einen flüchtigen Blick auf die Ausweispapiere. Was den Hausdetektiv wirklich interessiert, sind ihre Brüste. Er legt seine Handflächen darauf, taxiert ihren Umfang, knetet an ihnen herum. Djemila betrachtet diese Hände. Kurze Finger, eckige Nägel, zwangsläufig ein bißchen ungepflegt. Die Männer interessieren sich ganz allgemein für ihre Brüste, sie weiß es. Sie trägt keinen Büstenhalter.

Er beobachtet sie. Sie sieht nicht gerade wie eine nordafrikanische Schlampe aus und schon gar nicht wie die üblichen Kundinnen. Um die dreißig. Sehr schön, fast beeindruckend. Für eine Araberin.

– Persönlich habe ich nichts gegen dich, sagt der Hausdetektiv.

– Ich auch nicht, sagt Djemila.

– Man kann sich immer noch arrangieren.

– Nein. Kann man nicht.

Danach begreift er nicht mehr viel, brüllt. Starrt ungläubig auf die Klinge des Messers, das sie wer-weiß-wohergeholt hat, die Klinge, die jetzt in seinem Handrücken steckt. Tief. Djemila bohrt weiter, das erfordert Kraft, bis sie die gemarterte Hand des Kerls an ihre eigene Brust genagelt hat. Das Blut ist augenblicklich hervorgespritzt, plötzlich und kräftig. Es beschmutzt das T-Shirt, befleckt das alte Leder. Die Spitze bearbeitet die Wunde, läßt nicht locker. Djemila registriert, daß ihr das gefällt. Als sie genug davon hat, versetzt sie dem Hausdetektiv mit dem Knie einen Tritt in die Eier. Sie kann seine Schreie nicht mehr hören. Will ihn zum Schweigen bringen. Die verletzte Hand bewegt sich. Ein neuer roter Schwall ergießt sich über den grauen Beton. Gezielte Fußtritte. Djemila prügelt methodisch auf den Körper des kleinen Mannes ein, der sich vom Schmerz überwältigt auf dem Boden krümmt. Sie hat ebensowenig wie der Hausdetektiv ganz begriffen, wie sich die Dinge entwickelt haben. Sie weiß nur, daß sie recht hat. Das Recht, diese Hand niederzustampfen, die es gewagt hat, sie zu befummeln. Sie hebt ihre Brieftasche auf. Nach diesem Vorfall unauffällig zu verschwinden, ist kein Problem.

■

Danach, im Badezimmer, sagt sie, okay, das war wirklich zu blöd. Aber nicht blöd genug, um ihr die Laune zu verderben. François Sinclair reibt ihr mit dem dicken Schwamm den Rücken ab. Das liebt sie. Nur an das lauwarme, bläuliche Wasser denken, in dem sie badet. An die Liebkosung ihrer Wirbelsäule. An ihn, der sich um sie kümmert, um sie ängstigt. Der alles akzeptiert.

Ein seltsames Paar.

Später ist Sinclair nicht mehr da, er ist nie da, wenn sie sich nackt im Spiegel betrachtet. Sie ist überzeugt, daß er die Verletzung über ihrer linken Brust gesehen hat. Djemila säubert sie mit Alkohol. Die Verletzung brennt. Sie gefällt ihr. Da, wo sie ist.

■

Sorbonne. Er redet. Eine warme Baritonstimme, ausholende Gesten.

Djemila haßt Sinclair bei seinen großen öffentlichen Auftritten. Sie haßt ihn noch mehr, wenn all seine Studenten sich erheben und ihm am Ende seiner letzten Vorlesung des Jahres Beifall spenden. Was hat er abschließend gesagt, dieser Macher-Typ?: «Meine Herren, bleiben Sie unruhig.» Eine dieser Leerformeln, die sein Geheimnis sind. Er versteht es zu fesseln. Sie haben das allesamt als einen vagen moralischen Appell aufgefaßt. Der testamentarische Befehl eines Altmeisters, pah!

Unten im Hörsaal drängen sie sich ein bißchen um ihn. Ein Student bittet ihn um eine Widmung unter den vollmundigen Kommentar, den er gestern in *Le Monde* veröffentlicht hat: «Sinclair gegen Apartheid». Andere halten ihm ältere Texte hin. Eine sehr freie, sehr provozierende Shakespeare-Bearbeitung (*König Lear*, für Avignon). Einen Essay über die unauffindbare *Praktische Vernunft*. Einen weiteren über den Donjuanismus. Sie beobachtet die Studenten. Sie verachtet Sinclair. Sie wartet auf ihn.

■

Er nimmt ihre Hand. Sagt ihr, daß er sich über ihre Anwesenheit bei seiner letzten Vorlesung gefreut hat. Daß sie ihm eine Hilfe war. Er braucht sie. Als ob er nicht im nächsten Jahr aufs neue seine Schau abziehen würde. Vor anderen Burschen, die genauso gläubig sein würden, wie sie es anfangs war. Sie lacht. Sie ist nie seine Studentin gewesen. Und außerdem soll sich bescheißen lassen, wer will.

– Was dir vor allem gefällt, ist, daß sie dich mit einer hübschen Tussi am Arm haben weggehen sehen.

– Stimmt, du bist sehr schön.

– Du lehrst nicht, du verführst.

– Deswegen ziehe ich mich zurück, bevor ich nur noch ein trauriger alter Beau bin.

Sinclair blufft nicht. Er liebt Djemila wirklich. Djemila zweifelt keine Sekunde daran. Sie ist sein Augapfel, seine Geliebte, sein Halt in der weiten Welt, sein Kreuz. Um auszugehen, hat sie wie jedes Mal ihre ganze Ehre darein gesetzt sich schönzumachen. Sie kann blendend aussehen. Er hat es ihr beigebracht.

Sie essen im *Balzar*. Gänseleber, dann Seeteufel-Spießchen. Sinclair räumt ein, daß seine Schlußvorlesung über Kierkegaard, der über Mozarts *Don Giovanni* meditiert, ein bißchen übertrieben war. Demagogisch, ja. Na und?

– Na und?

– Hast du schon vor dem Krieg gelehrt?

– Du meinst, vor deinem Krieg? Ab und zu. Es war eher ein Mißverständnis.

– Und worüber hast du gesprochen?

Er nennt Sartre, Merleau, Camus. Auch Jean Vilar. *Combat.* Er erzählt irgend etwas, Anekdoten. Was er sagt, findet sie beschissen. Also erhebt sie sich vom Tisch und sagt ziemlich laut, daß sie scheißen geht. Das *Balzar* ist ihr zuwider. All diese Profs und ihre Mätressen, sehr junge darunter, und andere, erheblich ältere, vielleicht die legitimen Ehefrauen, zur Schau gestellt wie Dienstzeitbescheinigungen. Djemila hat keine Freundin. Sie kommt zurück. In ihrer Abwesenheit hat er eine neue Flasche bestellt. Er trällert, schon ein bißchen angetrunken: *«Vivan le femmine! Viva il buon vino!»*

– *«Sostegno e gloria d'umanità!»*

– *«D'iniquità!»*, gibt Djemila zurück.

– Was soll's, sagt Sinclair. Du bist nicht Donna Elvira, wir können zusammen essen und trinken. Ich liebe dich.

– Ich liebe dich auch.

– Hast du immer noch dein Messer in der Tasche?

– Natürlich.

– Na, dann ist's gut.

Mehrmals hat er gespürt, daß sie ihn eines Tages umbringen könnte. Er zieht ihren Pulloverausschnitt herunter. Bis zu der Verletzung. Einer seiner Ticks! In der Öffentlichkeit praktisch ihre Brüste freizulegen! Die Verletzung ist sichtbar. Ein aufregendes Stigma. Er genießt es.

– Du bist mein Mysterium, sagt Sinclair.

– Du bist betrunken.

– Du bist mein Schmerz.

Sie sagt sich, daß sie auch ihm das Messer in den Handrücken jagen wird. Daß sie heftig zustoßen wird, daß sie Gefallen daran finden wird. Sinclair hat schöne Hände, sagt man. Eine breite Handfläche, schmale Finger. Und sehr elegante vorspringende Venen. Bei seinen Vorlesungen auf dem Podium oder spät in der Nacht setzt er seine Hände ausgiebig ein. Manche Studentinnen gehen mit der Nachricht hausieren, daß sie ausgesprochen zärtlich seien. Ihr Talent.

Welches Talent? Djemila überlegt.

Wie waren sie, diese Hände?

Wie, als sie zu den kleinen Instrumenten griffen, die so weh tun können? Wie, als sie die Kurbel des Generators drehten, um Stromstöße zu erzeugen? Wie schön?

Vielleicht hat die andere Djemila diese Hände gesehen. Hat sich gesagt, sie könnten das Schlimme nicht tun. Idiotin, die daran gestorben ist.

Oder das Ganze hat sich anders abgespielt. Mit Händen, die auf der Stelle schmutzig wurden, die denen des Hausdetektivs ähnlich sahen. Und Sinclair war nicht dabei.

Seine Finger streicheln Djemilas Schläfe. Eine verliebte Geste, kurz und verstohlen, auch darauf versteht er sich. Sie möchte sich nur auf die Kunst dieser Finger konzentrieren. An die Worte denken, die diese warme Stimme mit dem südländischen Akzent, die Stimme eines Theatermannes, formuliert. Es war in einem Theater, als Sinclair sie zum ersten Mal genommen hat. Unter freiem Himmel. In dieser Stadt auf dem Hochplateau, einer verlassenen, absolut verfügbaren Stadt. In Algerien.

■

Zwei Jahre später fand sie sich in Paris wieder. Auf der Flucht, ohne jede Habe, durch den Zwang der Ereignisse illegal eingereist. Sinclair hatte sich um die Lösung der dringlichsten Probleme gekümmert. Die Identität zum Beispiel.

Sein Freund, ein Mann namens Jonas, massig und von einer gewissen englischen Eleganz, hatte einfache Fragen gestellt. Wollte sie in Zukunft Algerierin oder Französin sein? Geboren wo? Wann? Für ihn hatte das keine Bedeutung. Als sehr junger Mann war Jonas im Krieg zum Fachmann für gefälschte Papiere geworden. Eine gute Grundlage. Er hatte Gelegenheit gehabt, sie zu verfeinern. Jetzt war das leichter, fast vorgekaute Arbeit. Ein gerissener Bulle braucht sich nicht mit den gleichen technischen Fragen herumzuschlagen wie ein mittelloser Partisan.

– Wie möchten Sie heißen?

– Ist das wichtig?

Er hatte gelächelt.

– Wenn ich es richtig verstanden habe, wird Ihr neuer Name wohl eine ganze Weile an Ihnen kleben bleiben.

– Setzen Sie Djemila ein.

Sinclair war gerührt darüber gewesen. Er hat solche naiven Seiten.

Nach drei Tagen waren die falschen Papiere da (Personalausweis, Paß, Führerschein), echter als echte, und seitdem existierte eine Djemila Sariat, Französin, geboren in Frankreich, vor der Unabhängigkeit des Geburtslandes ihrer Eltern.

Ein Dienst «Ich habe dir nichts abzuschlagen», den der Kommissar Jonas dem «Kommandanten» Sinclair nur allzu gern erwiesen hatte.

■

Sinclairs Finger, immer noch in ihrem Ausschnitt.

– Hör zu, Djemila, die Vorlesung heute war wirklich meine letzte. Du glaubst mir nicht? Es ist dir egal?

– Mehr oder weniger, sagt sie. Ich mache mir deinetwegen keine Sorgen, Sinclair. Ich glaube, daß du in deinem ganzen Leben nie ein Risiko eingegangen bist, nie.

– Steht es so schlimm? fragt er entzückt.

– Schlimmer womöglich.

Das *Balzar* ist wirklich eine komische Kneipe. Tauglich für Scheinvertraulichkeiten, für flüchtige Ideen. Deshalb gefällt sich Sinclair an diesem Ort.

– Du glaubst tatsächlich, daß ich dabei war, daß ich nichts getan habe? Du glaubst, ich gehörte zu ihnen?

– Gute Hypothese.

– Und du läßt zu, daß ich dich berühre?

– Das stört mich nicht weiter. Übrigens berührst du mich ziemlich selten. Wollen wir das Thema wechseln?

Sinclair steckt bereitwillig ein. Djemila ist eines Tages bei ihm abgestiegen, hatte nicht mal einen Koffer. Er hat nie Einspruch erhoben. Weil sie bereits seit sehr langer Zeit einen Platz in seinem Leben einnahm, ohne es zu wissen. Er hatte natürlich mit dem Gedanken gespielt, daß er eine Schuld zu begleichen hätte. Aber das ist es nicht. Sie ist unentbehrlich für ihn, das ist alles. Sie ist sein Teufel, unnachgiebig und vertraut.

Oft hat er daran gedacht, diese Geschichte in einen Roman umzusetzen. Djemila durchkreuzt all seine Pläne, selbst die literarischen.

– Wie du meinst. Diese Sache im Supermarkt ist doch sehr ärgerlich. Der Kerl hat deine Adresse gesehen. Was willst du tun?

– Ein paar Tage bei dir wohnen und abwarten.

Tatsächlich wohnt sie bereits überwiegend bei ihm. In der winzigen Dachkammer, die sie in der Rue Brézin gemietet hat, gibt es nur ein paar Bücher, einen Arbeitstisch, ein Bett. In der Villa Hallé, einen Katzensprung entfernt, hat sie ihr Zimmer, ihre Sachen. Hat sie Sinclair. Zu ihrer Verfügung. Er war von Anfang an damit einverstanden.

– Das ändert bloß nicht viel. Deine Adresse war nämlich auch in meiner Ausweistasche.

– Er wird kaum ganz Paris auf den Kopf stellen, um dich zu suchen.

– Das glaubst du nicht wirklich, Sinclair.

– Wieso?

– Ich habe diesen Typ übel zugerichtet. Ich, eine dreckige Araberin. Er ist Hausdetektiv, er hat Kollegen. Du liest Zeitung, du weißt so gut wie ich, daß Protector mit Vorliebe Faschos einstellt. Daß diese Agentur eines der Anhängsel der *Nationalen Erneuerungsbewegung* ist. Aber du sagst dir, daß sie es nie wagen werden, mich bei dir zu suchen. Weil du berühmt bist, weil du im Fernsehen auftrittst, weil man deinen Namen in den Zeitungen liest. Sogar diese kleinen Würstchen kennen dich. Ein zu heikler Fall für sie. Du sagst dir, daß du wie üblich mein bester Schutz bist, daß ich eben definitiv auf dich angewiesen bin, und das gefällt dir.

Sie hat recht. Diese lächerliche Geschichte bedeutet, daß er noch ein bißchen mehr Macht über sie hat. Wenn sie will. Er gibt dem Kellner ein Zeichen. Noch eine Flasche. Djemila hat nie versucht, Sinclair am Trinken zu hindern. Viel stärker ist ihr Wunsch zu verstehen, was er ist, wenn er ausklinkt.

■

Er schwankt beim Hinausgehen. Djemila stützt ihn, er schiebt sie beiseite. Sinclair driftet ab, rennt auf die Fahrbahn, will seinem Lieblingssport nachgehen, der Corrida mit Autos. In dieser Nacht ist die Temperatur mild. Die Blechkisten auf der Rue des Ecoles fahren ganz nah an der hohen, schlaksigen Silhouette vorbei, die sie herausfordert. Er brüllt Beleidigungen, flucht durch die Nacht, entgeht ein dutzendmal haarscharf dem Überfahrenwerden. Djemila stürzt ihm nach, zerrt ihn weg. Es wäre ihr lieber, er käme nicht zu Tode. Nicht sofort. «Wofür willst du büßen?» Es ist ihr egal. Sie nimmt ihn beim Arm, lacht mit ihm. Das ist es. Man kann sie nicht verstehen, wenn man außer acht läßt, daß sie gemeinsam lachen können.

Ein paar Meter weiter, auf der anderen Seite der Place Paul-Painlevé, liegt das *Clarté*, ein altes Lokal. Sinclair hat Djemila schon hundertmal erzählt, was dort ausgeheckt wurde, als sie noch fast ein Baby war.

Sie stellt fest, daß die Montaigne-Statue am Rand des Platzes verschwunden ist. Das stört sie.

– Warum?

– Ich hatte mal einen Liebhaber. Und vor Montaigne hat er mich zum erstenmal geküßt.

– Ein guter Liebhaber?

Villa Hallé. Im Morgengrauen führt Djemila Sinclair zu seinem Bett. Er läßt sich fallen. Sie hat Mühe, ihn auszuziehen. Er meckert. Seit einiger Zeit mißfällt es ihm, daß sie ihn nackt sieht. Fahle Haut, schlaffe Muskeln. Sie weiß, daß er sich jahrelang zu idiotischen und unauffälligen Sportarten gezwungen hat, weil er Turnhallen verachtet. Badminton zum Beispiel. Stets waren da ein paar Freunde, ein paar ausgewählte Studenten gewesen, die sich geschmeichelt fühlten, wenn sie mit ihm im Wald spielen durften. In seinem Büro neben dem Schreibtisch fanden sich zwischen lauter Büchern auch Hanteln und Expander auf dem Teppich. Vor einigen Monaten hat er das Ganze aufgegeben. Die Vorbereitung seiner letzten Vorlesungen, irgendein sonstiges Wehwehchen nahmen ihn zu sehr in Anspruch. Er ist nur noch ein großer, alter, weichlicher Körper, aufgedunsen, ein feuchtes Debakel alkoholbedingter Schweißausbrüche. Sie beruhigt ihn, so gut sie kann, legt ihm ein nasses, kaltes Tuch auf den Kopf, nimmt seine Hand. Er stöhnt. Djemila fürchtet Alpträume. Die von Sinclair genauso wie ihre eigenen. Er schnarcht.

■

Sie hat fast den ganzen Tag geschlafen. Schlecht geschlafen. Immer wieder von unerfreulichen Bildern aufgerüttelt – aus Algerien, das ist selten bei ihr. Sie hat darauf verzichtet, neben Sinclair liegenzubleiben, den seine eigenen legitimen Dämonen im Schlaf umtrieben und quälten.

Djemila hat sich auf der Couch im Wohnzimmer eingerichtet. Es war schon Nachmittag. Amüsiert von dem Durcheinander ist sie eingeschlafen. Warum haben sie bloß die Möbel, die Nippesfiguren umgeworfen, als sie nach Hause gekommen sind? Sie erinnert sich nur noch schwach an den Ablauf der Ereignisse. Bruchstücke. Rue des Ecoles, ein Taxi, das sie schließlich mitgenommen hat. Sinclair war während der ganzen Fahrt zärtlich zu ihr. Hochgeschobener Rock.

Sie erinnert sich an den Blick des Fahrers im Rückspiegel. Bei der Ankunft hat er Sinclair um ein Autogramm gebeten.

Und jetzt...

Eine zerbrochene Lampe. Der Bücherstapel, die Rezensionsexemplare der Woche, auf den Fliesen zusammengestürzt. Eine letzte Flasche Champagner, Cordon rouge, auf Sinclairs Wunsch dort am Flügel (Steinway – Sinclair spielt sehr schlecht) ausgetrunken.

Er ruht sich in seinem Zimmer aus. Sie hat keine Lust, sich zu rühren.

Es läutet. Am Rhythmus erkennt sie, daß es Barth ist. Seine einzige Höflichkeit besteht darin, sich mit diesen kurzen skandierten Klingeltönen anzukündigen, die leicht zu identifizieren sind. Ti-ti-ti-ta-ta. «Al-gé-rie-fran-çaise.» Seine Art von Humor. Draußen sieht es aus, als ob der Sommer anbricht. Djemila zündet sich eine Zigarette an, Marlboro, Sinclairs Schachtel. Sie zieht einen Bademantel über, geht öffnen. Barth ist offensichtlich nicht überrascht, sie hier anzutreffen. Er betrachtet sie auf abstoßende Weise. Sie zahlt es ihm mit gleicher Münze heim.

– Darf man eintreten?

Eine Floskel. Er meint, er sei hier immer noch zu Hause. Er irrt sich. Ständig.

Barth, Barthélemy Sinclair, dreiundzwanzig. Kind einer kurzen, anekdotischen Ehe, eines weit zurückliegenden Irrtums. Aufgezogen von seinem Vater, aber für immer und alle Zeit der Sohn seiner Mutter, zu der es ihn dann schließlich auch hingezogen hat. Seit ein paar Jahren lebt er bei ihr. Er fühlt sich wohl dort, es ist nach seinem Geschmack. Außer daß er noch Geld braucht. Das Unterhaltsgeld und das Übrige. Djemila hat keine wirkliche Meinung zu Barth. Sie hat mit ihm umgehen müssen, seit sie Sinclair kennt. Sie findet ihn überflüssig, das ist alles.

Er ist unruhig, nervös.

– Ist Sinclair da? Ich wette, er schläft. Ich störe doch nicht?

Er nennt seinen Vater Sinclair. Nur die Pseudovertrauten nennen ihn François.

Wen könnte Barth schon stören?

– Er hat ein paar Schwierigkeiten gehabt.

Der Junge wirft rasch einen Blick durch das Wohnzimmer nach dem Sturm. Er lächelt.

– Pichelt er immer noch soviel?

»Picheln». Djemila haßt diese Worte aus der Umgangssprache.

– Eher weniger seit einiger Zeit.

– Du meinst, seit ich ihn verlassen habe?

– Du überschätzt dich.

Djemila konnte sich weder mit diesem arroganten, unbeholfenen großen Kind je anfreunden, das da vor ihr steht, eine Nullachtfuffzehn-Schönheit, noch mit den Fotos von ihm, die Sinclair aufbewahrt hat und die im Haus herumliegen. Als junger Spund hatte er lebhaft ausgesehen. Sie bietet ihm Kaffee an. Ja, er möchte einen. Djemila hat keinerlei Fotos aus ihrer eigenen Kindheit. Wie geht es dem Vater?

– Wie immer.

– Ist er immer noch so sauer auf mich?

Wenn er wüßte, wie selten Sinclair an ihn denkt. Man kann nicht sauer sein auf Barth. Er hat nur einen Fehler. Er ist da. Unausweichlich.

– Frag ihn selber. Wieviel Zucker?

Sie hat lange geglaubt, Vater und Sohn würden sich eines Tages versöhnen. Jetzt denkt sie, daß Sinclair seinen Sohn eines Tages in ein schikkes Restaurant zum Essen einladen wird, wie er es mit ehemaligen Mätressen macht, wenn es sein muß. Er wird sich höflich sein Geschwätz anhören und nach dieser Pflichtübung ausnahmsweise keine zweite Flasche bestellen. Er wird sich zu sehr langweilen. Gleich nach dem pousse-café wird er sagen: danke, das war's und Scheiß drauf. Kein Auf Wiedersehen, ein Lebwohl. Der andere wird wie angewurzelt an seinem Tisch sitzenbleiben, kein Thema mehr. Sinclair ist ein arbeitsamer Mensch, der Langeweile haßt. Er wird sich allein hemmungslos besaufen gehen und es ihr später erzählen. Wie bei jedem Mißerfolg.

– Ich habe da eine bestimmte Frage, sagt der junge Mann.

– Ich weiß schon, welche, sagt Djemila. Die Antwort kriegst du nicht. Du wirst nie erfahren, was das ist zwischen deinem Vater und mir. Und zwar nicht etwa, weil ich es dir nicht erklären will. Du würdest es nicht verstehen.

Wie vorauszusehen, muckt er auf:

– Du hältst mich wohl für einen Schwachkopf, was?

– Mehr oder weniger.

Eher mehr. Einmal, als er die Anwesenheit dieser Frau in der Wohnung seines Vaters nicht ertrug, hatte Barth sie zur Seite stoßen wollen. Sie hatte reagiert, sich aber rechtzeitig zurückgehalten, um ihm nicht den Arm zu brechen. Noch davor, sie war gerade nach Frankreich gekommen und er wohnte noch bei Sinclair, hatte er versucht, ihr zu sagen, er sei verliebt in sie, das übliche Schema. Sie hatte ihm spontan ins Gesicht gelacht. Ein Schwachkopf.

Djemila ist müde.

– Wieviel Zaster willst du heute? fragt sie.

– Das geht dich nichts an. Ich will meinen Vater sehen.

– Dein Vater ruht sich aus, und er hat Gründe dafür. Zwischen ihm und dir stehe ich. Wieviel willst du? Sag die Summe.

– Scheiße.

– Hart, deinen Preis zu nennen, was? Wieviel?

Djemila nimmt ihre Tasche, holt die Scheine heraus, läßt sie beim Abzählen auf ihre Finger knallen. Fünfhundert, tausend, zweitausend...

Die Scheine fallen auf den abgeschabten Teppichboden.

– Zweitausend, reicht das?

Barth sagt nichts. Sie wirft ihm das Doppelte hin.

– Woher hast du all die Kohle?

– Da ich keine Zeit habe, um Unterhaltsgeld zu betteln, stehle ich es. Du dagegen gehst bei der Kasse vorbei und hebst ab, okay?

– Klaust du wirklich?

– Aber sicher!

Sie blufft. Aber Djemila hat keine Lust, ihm zu erklären, daß sie, von einigen Extras in den Kaufhäusern abgesehen, ihren Lebensunterhalt auf die ehrlichste Weise der Welt verdient, indem sie Bücher übersetzt. Ein Job, den sie wie so vieles Sinclair verdankt.

– Eine komische Tussi bist du.

Er hat sie bereits mehrmals im Bademantel gesehen. Einmal hat er sie sogar überrascht, als sie nackt war. Erinnert sich lebhaft daran. Jetzt hat er die Verletzung über ihrer Brust entdeckt. Markiert von einem breiten, unverschämten Streifen Jodtinktur.

– Wer?

– Ein junger Mann wie du. Allerdings wohl kaum mit einem Vater, wie du ihn hast.

Er steckt das Geld ein, steht auf, weil es sonst nichts mehr zu tun gibt, schlurft mit den Füßen, schickt sich an, zu gehen.

– Die Frage vorhin... (er ist ergreifend), es ist mir scheißegal, ob du mit ihm schläfst oder nicht. Was ich wissen wollte, ist... liebst du ihn?

Sinclair lieben?

– Wenn es dir beim Denken hilft: Ich sehe nicht so ganz, wie man deinen Vater lieben könnte. Zumal Liebe die letzte seiner Sorgen ist.

■

Dann nehmen die Dinge den Verlauf, der vorauszusehen gewesen wäre. Es läutet ungewöhnlich hartnäckig, penetrant. Djemila richtet sich auf. Barth tritt automatisch vor und geht zur Tür. Kaum hat er sie geöffnet, sieht er eine Waffe auf sich gerichtet.

Djemila registriert, daß sie zu zweit sind. Ihr Hausdetektiv, überall verpflastert, besonders dick um die Hand herum. Ein ziemlich angekratztes Bürschchen, das aber Wert auf seine Anwesenheit legt. Sein Kumpel nimmt in der Mitte des Zimmers Aufstellung. Ihre Ausrüstung ist nur Theater: Schreckschußrevolver, Schlagring. Sie sieht das alles ganz genau. Und Barth, der etwas benommen zurückweicht. Und ihre eigene Wunde auf der Brust, die sie offensichtlich entdeckt haben. Ihr Gelächter.

– Kleine arabische Nutte...

Sie sagen alles Mögliche durcheinander: Warum sie neulich so schnell abgehauen ist; komisch, daß ihr philosophischer Zuhälter nicht da ist, wirklich schade; zum Piepen dieser kleine Schwuli; sie sieht ja auf einmal so aus, als ob es ihr die Sprache verschlagen hätte, sie wird schon sehen, die dreckige Araberin. Es ist nicht sicher, ob sie getrunken haben.

– Sinclair und seine Schwanzlutscherin... Pech, daß uns das nicht beeindruckt. Für uns...

Sie hat tatsächlich Angst. Aber größer noch ist ihr Interesse. Barth kassiert einen ersten Hieb mit dem Schlagring, dann einen zweiten. Nichts hat ihn auf so etwas vorbereitet. Er kassiert und geht in der Diele neben einem kleinen Sekretär zu Boden. Jede Bewegung Djemilas, und sie macht nur wenige, wird überwacht. Sie krümmt sich zusammen. «Arabische Nutte». Der kleine Hausdetektiv legt eine Hand auf sie. Die gleiche Geste wie neulich. Er ist wirklich sehr jung. Der rauhe Verband auf ihrer weichen Haut, das amüsiert sie. Sie spuckt aus. Gleichzeitig würde sie gern sagen, daß sie mit ihren Dummheiten aufhören sollen. Die beiden kleinen Handlanger. Und auch Barth.

Aber natürlich passiert genau das Gegenteil.

■

Ein Knall, widersinnig. Gleich darauf noch einer.

■

Einige Meter entfernt auf der Straße ein Wagen. Der junge Bursche, Bobo, zuckt zusammen, er zittert plötzlich, drückt sich gegen das Steuer. Es klang gedämpft, okay, aber es waren auf jeden Fall Schüsse, die er gerade gehört hat. Nicht vorgesehen im Programm. Die Knarre sollte bloß Angst einjagen, diesen verspießerten Trottel und seine arabische Gelegenheitsnutte wieder auf ihre Plätze weisen. Übrigens haben sie gar kein richtiges Kaliber. Irgendein Schreckschußdings.

Sie haben den Ballermann ausprobiert. Mit Schrot. Bei weniger als drei Metern kann er verdammt Schaden anrichten! Es war nicht die Rede davon, ihn einzusetzen.

Bobo schaltet die Zündung ein. Er kann sich keinen Reim auf die Schatten machen, die sich im Fenster des Erdgeschosses bewegen. Auf dieses andere Licht, das in einem anderen Zimmer angeht. Nur eins weiß er genau: Das sieht gar nicht gut aus. Ein einziger Wunsch: Daß die Kumpels schnell herauskommen, zum Teufel, worauf warten sie, und daß sie sich nach dieser faulen Spritztour in Windeseile verziehen! Zumindest ihm wird man nichts vorwerfen können, er ist startbereit. Auch wenn er nichts tun kann, um dieses blöde Zittern zu unterdrücken.

– Aber was machen sie denn, diese Vollidioten!

Ein bläulicher Lichtschein im Rückspiegel. Die Bullen, hinten am Ende der Straße. Die schlimmste aller möglichen Verkettungen.

Bobo denkt nach, so gut er kann. Sie sind in einem ruhigen Viertel. Der Wagen ist nicht umsonst da. Diese Schweine sind gerufen worden. Bei einem Macker wie Sinclair genügt es offensichtlich, den Hörer abzunehmen, damit die Bullen ihm zu Hilfe kommen. Die Sache wird immer beschissener! Eine Entscheidung. Jeder für sich. Bobo schlägt so gelassen wie möglich das Lenkrad ein. Sagt sich, daß er ein anständiger, braver Typ ist, der durch das Viertel fährt, Versicherungspapiere und auch sonst alles in Ordnung.

Wenn die Kumpels sich wie Schwachköpfe aufgeführt haben, er hat damit nichts zu schaffen.

Der Kastenwagen der Bullen kommt näher. Er muß sich entscheiden, jetzt. Die Tür der Villa öffnet sich einen Spalt. Bobo zögert. Einen Augenblick wünscht er sich, die Kumpels kämen heraus wie der Blitz, stürzten sich in den Wagen, und dann volle Pulle… Zum Glück geschieht nichts. Den Verfolgungsjagden durch Paris mit den Bullen am Arsch entkommt man nur im Kino. Der Motor brummt.

Ein Schatten in dem erleuchteten Türausschnitt. Nur einer. Nicht Marco, nicht Mickey! Ein anderer Typ! Wer? Sinclair ist es jedenfalls auch nicht. Wie viele waren denn nun in dieser Bude? Bobo versteht überhaupt nichts mehr. Er setzt sich langsam in Bewegung, ein Auge auf der Silhouette, die sich schnellen Schritts von der Villa entfernt. Ein junger Bursche. Seine Visage für eine Sekunde im Laternenlicht. Nie gesehen. Die Bullen weniger als zwanzig Meter entfernt. Bobo ist sich klar, daß er nur noch auf eine Karte setzen kann, der brave Kerl, der friedlich seinen Parkplatz verläßt und jetzt in seinen Vorort zurückfährt, ohne Geschwindigkeitsübertretung und unter Beachtung der roten Ampeln.

Wer käme darauf, sich mit ihm zu beschäftigen?

■

Weil Djemila ihm die Frage stellt, ringt sich Sinclair eines Tages zu dem folgenden Bekenntnis durch:

– In Chartres ist es vorgekommen. Ohne besondere Gemütserregung. Deutsche Soldaten. Manchmal Kollaborateure niederen Rangs. Ich habe getötet. Ja, ja… Später nie mehr.

■

Sinclair betrachtet ungläubig den Revolver, seine alte Parabellum, legt ihn zurück auf den Sekretär, genau über die halb aufgezogene Schublade.

– Und jetzt? fragt Djemila.

Die Leichen der beiden Burschen liegen da, ausgestreckt in der immer wieder überraschenden Haltung von echten Toten, die in nichts den üblichen Bildern vom Tod gleichen. Die Augen weit geöffnet, die Pupillen halb verschleiert von asymmetrisch herabgefallenen, schlecht geschlossenen Lidern.

Eine verhängnisvolle Dummheit.

– Wir müssen die Polizei verständigen, sagt Sinclair. Ich kümmere mich darum.

Er bittet Djemila, ihm ein sauberes Hemd herauszusuchen. Er hat nicht viel Zeit zum Überlegen. Er säubert die dicken Gläser seiner Brille, wählt dann hastig eine Telefonnummer. Ein Artikel kommt ihm in den Sinn, den er vor knapp einem Jahr zum Tod eines jungen Mannes geschrieben hat. Ein Gastwirt hatte ihn gezielt über den Haufen geschossen. Ein Verbrechen unter vielen anderen, von beispielhafter rassistischer Banalität. Er hatte das genannt: «Der Todesreflex».

■

Ein Lokal ganz in der Nähe, Place Denfert. Jonas hat nicht groß gefragt, ist sofort gekommen. Er sieht immer noch so aus, als käme er gerade aus seinem Club, alter Tweed-Anzug, Tränensäcke unter den Augen und Hängebacken mit geplatzten Äderchen, das Bild des Gentleman und Weinliebhabers.

Sinclair skizziert mit wenigen Worten die Lage. Jonas nimmt diese Knappheit mit einer gewissen Unruhe zur Kenntnis. Ihm ist sein Freund lieber, wenn er begeistert und heftig ist. Auf einer Bühne zum Beispiel, während einer Probe. Oder vorzugsweise unten in einem Hörsaal. Ein Sinclair, der nüchtern und technisch die Folgen auflistet, die sich aus einem Handstreich ergeben - wann hat Jonas das zum letzten Mal gehört? Kurz vor der Verhaftung fast des gesamten Organisationsnetzes. 1961. Und in dieser Bilanz hatte es keine Toten gegeben.

– Notwehr? wagt sich Jonas vor.

– Man könnte es zwar behaupten. Aber zwischen dir und mir ist es kaum vertretbar.

– Kurz, wenn ich es richtig verstehe, hatten diese Typen überhaupt keine Chance. Du hast sie liquidiert.

– Nicht ganz. Aber man kann es so ausdrükken.

Jonas hat von Anfang an die heftigen Bewegungen des großen Körpers, die unsicheren Hände bemerkt. Sinclair und er, sie sind beide nicht mehr jung. In der Musikbox neben ihnen läuft *With a little help of my friends*, die Cocker-Version. Reiner Zufall. Jonas und Sinclair haben sich oft in Kneipen getroffen. Im allgemeinen, um Wichtiges zu besprechen. Krumme Touren, gerechtfertigt durch alte Komplizenschaften. Jonas studiert das Gesicht seines Gegenübers. Die typischen Folgen des Berufs. Bleiche Gesichtsfarbe, sprießender Bart. Nach mehr als vierzig Jahren ist Sinclair für ihn der «Kommandant», der Chef geblieben. Wie zu Zeiten der Résistance, zuerst in Chartres, anschließend in Paris und weiter in Paris mit dem FLN[1], dann gegen die OAS[2]. Als hochrangiger Polizist und aktiver Bürger liest Jonas Zeitung, sieht fern. Über seinen Schreibtisch gehen viele innerbetriebliche Mitteilungen. Sinclairs Provokationen und seine plötzlichen Einfälle bringen ihn manchmal in Wut. Aber in diesen Friedenszeiten kann man sich alles erlauben. Gemeinsam haben sie mehrere Kriege erlebt und gelegentlich geglaubt, es wären Revolutionen.

Jonas begreift plötzlich etwas Erstaunliches: In seinem Leben, das nur aus Achtung vor einigen Prinzipien turbulent war, ist Sinclair stets ein beruhigendes Element gewesen. Und heute abend…

– Ich werde mich an Ort und Stelle ein wenig

umsehen müssen.

– Ich wollte dich vorher sehen. Ich wohne gleich um die Ecke.

– Ich weiß.

Eine Feststellung: Nach so vielen Jahren der Verbundenheit hat Sinclair Jonas nie zu sich eingeladen. Ein Fehler, ein Versäumnis. Jonas ist mehr als ein Komplize aus alten Zeiten oder eine nützliche Verbindung. Ein guter Mann. Integer.

– Ich weiß auch, daß du mich nur deshalb nie zu dir zum Essen eingeladen hast, weil du nicht wolltest, daß ein ehrenwerter Superbulle sich mit einem Unruhestifter deines Kalibers kompromittiert.

Als ob ihre Freundschaft ein Geheimnis wäre!

■

Als Bobo von der Streife angehalten wird, ist er in Bobigny. Die haben nichts zu tun mit den Bullen vom XIV. Arrondissement. Oder die Übermittlungswege sind erstaunlich kurz. Er zeigt seine Papiere. Das könnte ihnen genügen. Nein, sie wollen auch in den Kofferraum sehen. Schielen auf die Stangen, die Schraubenschlüssel. Eine Nachlässigkeit. Er hätte vor der Expedition aufräumen sollen. Nichts Illegales unter all diesem Material, aber immerhin.

– Wir stehen nicht im Wahlkampf, Freundchen. Nicht nötig, das ganze Werkzeug.

Der Bulle grinst, Bobo stottert irgend etwas über seinen Beruf als Mechaniker in einer Werkstatt. Ja, stimmt, er arbeitet bei einem Schrotthändler. Schöner Schrotthändler! Die Bullen beölen sich vor Lachen. Lassen ihn ziehen, sympathisch, die Burschen.

Ein oder zwei Kilometer weiter fällt Bobo ein, daß sie den Aufkleber der Bewegung auf dem Handschuhfach bemerkt haben mußten. Nicht besonders schlau. Er entfernt das schöne Abzeichen mit der blauweißroten Flamme (sie erhebt sich über einem diskreten Reisigbündel). Diese Bullen wußten Bescheid, gut, ein Glücksfall. Bobo sagt sich, daß seine Ideen die richtigen sind, daß sie triumphieren werden. Unnötig also, sie zu sehr herauszustellen. Sein wahres Problem liegt woanders. Er muß einen Dreh finden, wie er seinen Kumpels morgen erklärt, daß er sie nur im Stich gelassen hat, weil ihm keine andere Wahl blieb. Einen Dreh, mit dem er glaubhaft machen kann, daß er keine Angst gehabt hat. Daß man ihm weiterhin vertrauen kann.

Er macht sich deswegen beinahe ins Hemd.

■

Jonas inspiziert rasch den Tatort und die Leichen. Djemila qualmt eine Zigarette. Sie hockt in gehöriger Entfernung auf einer Sofaecke. Im Abseits, wenn man so will. Aber das ist offensichtlich ihr einziges Zugeständnis ans Taktgefühl, das Zimmer verläßt sie nicht.

Jonas versucht, schleunigst den Gedanken zu

verjagen, daß Sinclair eine verdammte Dummheit gemacht hat, als er diese junge Frau unter seine Fittiche nahm. Daß nichts ihn, Jonas, dazu gezwungen hatte, zum Komplizen zu werden, indem er ihr die wasserdichten falschen Papiere ausstellte.

Er durchsucht. Findet einen Personalausweis auf den Namen Marco Carrera, geboren 1966 in Bastia. In der Tasche desselben Mannes ein weiteres Dokument. Ein Mitgliedsausweis der *Nationalen Erneuerungsbewegung*. Und ein Schwarzweißfoto. Die beiden Burschen und ein Dritter vom gleichen Typ mit pausbäckigem Gesicht. Sie machen Theater, präsentieren vor der Kamera einen Baseballschläger und einen Helm. Einer von ihnen hat den Arm zum Nazi-Gruß erhoben. Auf der Rückseite drei Namen: «Marco, Mickey, Bobo, die Unzertrennlichen». Eine hingekritzelte Adresse. Jonas steckt alles ein. Verzieht das Gesicht.

Er untersucht die Schreckschußpistole von Mickey, ein großes, eindrucksvolles Spielzeug. Okay, man kann sich täuschen.

– Sogar du, Kommandant. Niemand kann dir etwas anhaben, weil du eine Schreckschußpistole nicht von einer Magnum 357 unterscheiden konntest. Abgesehen davon, daß sie sich gerade über deinen Schützling hermachten und du deshalb so schnell reagiert hast. Aber mir wirst du die Vermutung erlauben, daß du einen Mordsrausch hattest. War es so?

– Es war so.

Er nimmt Sinclair beiseite. Das heißt, er zieht ihn so weit wie möglich weg von der jungen Frau.

– Ich will dir sagen, was mich stört. Du hast die Arbeit gemacht wie ein Schwein, deine Reflexe haben dir einen bösen Streich gespielt. Die Panik erklärt nicht, warum du zweimal getötet hast. Es sind nicht die Umstände, die gegen dich sprechen. Es ist deine Vergangenheit. Die Typen an sich sind nichts Besonderes, Handlanger. Jetzt, wo sie tot sind, werden sie mehr Freunde haben als zu ihren Lebzeiten. Die Bewegung, die Bande von Massart, das ganze Gesindel. Wir sind nicht mehr in der Rubrik Verschiedenes, das ist große Politik. Und daß du mich gerufen hast, mich, der mit einer Mission im Innenministerium beauftragt ist, macht alles noch komplizierter.

– Hätte ich es nicht tun sollen?

Dann braucht Jonas nur auf schnellstem Wege zu verschwinden. Im gleichen Augenblick wird Sinclair das nächstgelegene Kommissariat anrufen und den unerhörten Satz aussprechen: Ich habe gerade zwei Männer getötet.

– Red keinen Unsinn. Was erwartest du von mir?

Jonas läßt ihm keine Zeit für die Antwort. Ganz gewiß macht seine Anwesenheit von nun an alles kompliziert. Zumindest für Sinclair.

– Eines Tages, wenn wir mal Zeit haben, werde ich dir von meinem Leben als Bulle erzählen. Wie es war, seit wir uns ein wenig aus den Augen verloren haben.

Er sagt, daß er ihm von den vertuschten Schönheitsfehlern erzählen wird, von den Organisationen («andere Organisationen als unsere, weißt du»), von den begrabenen Affären und den gewalttätigen Abrechnungen. Er sagt auch:

– Kommandant, im Maquis[3] hast du mir zweimal das Leben gerettet. Damals war ich der Unbeholfene.

Er fügt hinzu:

– Du bist mir keine Rechenschaft schuldig. Auch nicht über die genauen Umstände. Es sind Menschenleben zu beklagen, und es kommt nicht in Frage, daß du vor's Schwurgericht gestellt wirst.

– Was schlägst du vor?

– Laß uns essen gehen.

■

Eine Sache für einen Romanautor, ein bißchen lächerlich. Er hatte lange herumspioniert, Erkundigungen eingeholt. Ouria Assedine, 45, rue Che-Guevara, Constantine. Er ist ihr mehrere Tage gefolgt.

Schließlich nähert er sich ihr. Ouria wartet vor der Universität auf den Bus, etwas außerhalb der Stadt auf den Hügeln. Ein umstrittener Gebäudekomplex von Niemeyer. Bis auf zwei oder drei sind alle Mädchen verschleiert. Mit leiser Stimme sagt er einfach, daß er François Sinclair heißt. Daß er ihre Mutter gekannt hat. Er würde gern mit ihr reden, wenn sie einverstanden ist. Nicht jetzt natürlich. Er ist nur für kurze Zeit da. Eine Vortragsreise, organisiert von der Botschaft. Er hat vor, diese römische Stadt auf dem Hochplateau zu besuchen, Djemila. Das dürfte ihr doch ein Begriff sein.

Schwarze Mähne und schwarze Augen, hohe Stirn, ein sinnliches und hartes Gesicht. Die Ähnlichkeit ist erstaunlich.

Sie sagt zu, sie wird dort sein. Morgen.

Sie kommt.

■

Ziemlich betreten ruft Bobo bis in die Nacht bei den Kumpels an. Sogleich gibt ihm Mickeys Verlobte zu verstehen, daß sie die Schnauze voll hat von diesen Geschichten, nichts mehr am Hut damit, und übrigens ist es aus zwischen ihnen beiden, sie gibt ihm den Laufpaß. Ihr langt's! Bei Marco, der allein lebt, niemand.

Ein Anruf nach dem andern. Bei allen Mitgliedern der Gruppe das gleiche, ein Reinfall. Keiner hat sie gesehen.

Was ist bloß passiert in dieser Nacht?

■

La Coupole, 23 Uhr, der passende Zeitpunkt. Sie lachen, der Bulle und der Professor. Ohne Getue und ungewollt haben sie ihre Gewohnheiten. Nicht zu den gleichen Zeiten, nicht am gleichen Tisch. Djemila haßt dieses Verhalten alter Haudegen, das sie mehr oder weniger bewußt vortäuschen. Sie hat eine andere Vorstellung von Sinclair. In Wirklichkeit kennen sich die beiden Männer nicht so gut. An der gleichen Front gewesen zu sein, einander das Leben gerettet zu haben, das schafft trotzdem nicht viele persönliche Bindungen, was man auch davon denken mag.

– Wir sitzen in der Tinte, Kommandant. Das ist dir doch wohl klar.

– Andernfalls wärst du bereits dabei, deinen Bericht aufzusetzen.

– Was ich nicht tue. Du verstehst auch, weshalb wir hier sind.

– Um uns ein Alibi zu verschaffen.

Oder doch wenigstens, um für ein störendes Element in der zukünftigen Beweisführung eventueller Untersuchungsrichter oder Geschworener zu sorgen. Wenn man gerade zwei Männer getötet hat, geht man nicht mit einem Polizeikommissar und einer reizenden jungen Dame essen. Denn das könnte nur heißen, daß der Bulle entweder sehr dumm oder auf irgendeine Weise Komplize ist.

– Wir müssen also eine hieb- und stichfeste Geschichte erfinden oder... überhaupt keine Geschichte.

– Meine Meinung ist, daß sich nichts abgespielt hat, sagt Jonas.

– Würdest du für diese Hypothese deine Laufbahn aufs Spiel setzen? fragt Sinclair.

– Meine Laufbahn ist abgeschlossen. Aber mein Entschluß, Bulle zu werden, entstand in einer Zeit, in der man sich solche verzwickten Fragen nicht so sehr stellte. Ich könnte dir so manches aus der Biographie von einigen meiner ehrgeizigeren Kollegen, meiner Dienstvorgesetzten erzählen. Wie sie herumgepfuscht haben in den Zeiten, als du und ich lernten, einander ein wenig zu vertrauen, ist nicht sehr appetitlich.

– Ist es deiner Meinung nach besser… zu vertuschen?

– Das müßte möglich sein, sagt Jonas. Der junge Bursche, der bei dir war?

– Mein Sohn.

– Ich habe wohl begriffen, daß es eine dritte Person gab. So leicht ist ein alter Bulle nicht zu bluffen. Dein Sohn, meinetwegen. Ein verdammter Zeuge. Kann man ihm trauen?

– Ich glaube nicht, sagt Sinclair nach einem ziemlich ausdauernden Schweigen.

– Man wird darauf achten müssen, daß er nicht durch ganz Paris rennt und Dummheiten erzählt.

Djemila schätzt, daß das viel verlangt ist von Barth. Jonas tupft sich sorgfältig die Lippen mit seiner Serviette ab, genießt einen guten Schluck Bordeaux.

– Du hast alle Fäden in der Hand, Kommandant. Du kennst den Zustand deiner Truppen, die Möglichkeiten jedes einzelnen, die Gefahren. Ich glaube, ich habe die Mittel, dir aus der Patsche zu helfen. Bei dir liegt die Entscheidung, ob das Manöver durchführbar ist oder nicht. Wir können alles in dieser Nacht in Ordnung bringen.

Andernfalls habe ich heute abend mit meinem alten Genossen Sinclair gespeist und werde jedem, der mich fragt, versichern, daß ich nichts Außergewöhnliches in seinem Verhalten entdekken konnte.

Die beiden nehmen keinen Nachtisch. Nur Djemila bestellt sich gezuckerte Erdbeeren und übergießt sie mit einem Schuß Haut-Médoc.

■

Sie besteht darauf, mit von der Partie zu sein. Nicht, weil es ihr Spaß macht, sondern weil sie alles genau wissen will. Nach den Mühen des Transports ist die Arbeit mit Hacke und Schaufel geradezu eine Erleichterung. Sie hilft kräftig mit. Es dauert seine Zeit, nachts auf abgelegenem Gelände einen Graben für zwei Leichen auszuheben. Wie war das früher mit den Spezialeinsätzen im Wald? Die Exekutionen? Das Verschwindenlassen? Sinclair, Jonas; sie beobachtet die beiden. Die wissen, wie man's macht!

Jonas hat ihnen alles erklärt. Ein Privatgrundstück nahe bei Fontainebleau, es gehört einem Freund von ihm. Der letzte, bei dem man nach versteckten Leichen suchen würde. Zur Zeit nicht in Frankreich. Der Park ist weiträumig und eher ungepflegt, kein besonderer Wachdienst. Nichts einfacher als dort einzudringen und die Arbeit zu erledigen. Den dreckigen, aber notwendigen Job. In dieser Gegend graben, in die sich keiner je verirrt. Tief graben, sich Zeit lassen, so sorgfältig vorgehen, wie es sein muß. Anschließend gut feststampfen und wieder mit Humus bedekken. Gewissenhaft alle Spuren beseitigen.

Später verbrennen sie das Ölzeug, die Jacken, die Handschuhe, die Holzgriffe des Werkzeugs, die Stiefel. Sie lassen den eigens für diesen Zweck gestohlenen Lieferwagen (Jonas hat das Ding gedreht, als wäre es die natürlichste Sache der Welt) irgendwo weit draußen stehen. Das Ganze geht etwas langsam, methodisch, ist aber nicht sehr kompliziert. Als der Tag anbricht, verabschiedet sich Jonas.

Keiner kommt auf die Idee, das Ganze könne ein Alptraum gewesen sein.

■

Er ißt etwas im Patio des großen Hauses. Weder ein richtiges Restaurant noch ein Hotel. Man kann es nach Bedarf nutzen. Hier haben sie Rast gemacht und einige Stunden biwakiert. Nach der Gefangennahme. Sie haben sie in einem Nachbarzimmer untergebracht und notdürftig versorgt.

Sie trug den gleichen Namen wie die Stadt, in der man sie gefaßt hatte, Djemila.

Heute ist Sinclair freundlich empfangen worden. Er verzehrt seine Hammelspießchen, den Tomatensalat, trinkt herben blaßroten Wein. Er brauchte diese Rückkehr. Sie beruhigt ihn. 140 km westlich von Constantine, 45 km nordöstlich von Sétif. Er weiß, daß man ihn erwartet.

Die junge Frau sitzt vor dem Gitter des Grundstücks unter den blühenden Bäumen. Weiße Hemdbluse, langes, schwarzes Kleid. Sie beobachtet ihn aufmerksam, als er ihr entgegenkommt. Er schlägt ihr vor, ein wenig spazierenzugehen.

Am Eingang inmitten der Ruinenfragmente ausgestellt: Marmorköpfe, vergessene Götter, Säulentrommeln, kunstvoll gearbeitete Friese, verschiedene Kapitelle. Ein junger Mann im Dschellaba[4] spricht sie an. Wollen sie das Museum besuchen, die prachtvollen Mosaike bewundern? Er kann sie führen. Er besteht darauf. Er kann sie sogar bis unten in die Stadt begleiten, er ist hier geboren, er kennt alles. Sinclair gibt ihm ein paar Münzen. Sie lassen ihn stehen und entfernen sich.

– Sie haben mir gesagt, daß Sie meine Mutter kannten.

– Ich heiße Sinclair. Ich habe sie damals festgenommen.

Keine Reaktion. Ouria wußte es. Oder hatte es geahnt.

– Sonst wäre ich nicht zu diesem Treffen gekommen. Jeder weiß, welche Risiken Sie auf sich genommen haben, um die Umstände ihres Todes an die Öffentlichkeit zu bringen. Für unsere Regierung sind Sie ein Freund unseres Landes. Was haben Sie mir zu sagen?

Er weiß es nicht. Seit über zwanzig Jahren stellt er sich diese Frage, wissend, daß die Antwort, wenn es denn eine gibt, nur hier zu finden sein kann, in dieser Ruinenstadt mit den numidischen, römischen, christlichen, islamischen Überresten, die auf wunderbare Weise erhalten, fast unbeschädigt sind. Sie biegen in die Hauptstraße ein.

Zu beiden Seiten Häuser, Monumente. Nicht die geringste geistige Anstrengung ist notwendig für die Rekonstruktion, alles ist da. In der Ferne, weiter unten Schluchten, in denen man Wildbäche ahnt. Zerklüftete Hügel.

– Keine tote, eine imaginäre Stadt.

Vielleicht das Modell, der Entwurf jeder möglichen Stadt. Über eine Strecke, die von Hunderten hoch aufragender Säulen, von Mauern und Stufen gesäumt ist, gehen sie hinab zum Forum. Sinclair erläutert, als gäbe er ein Geheimnis preis. Das so ausgezeichnet erhaltene Djemila ist eine Utopie. Er weist darauf hin, daß der Felsvorsprung die römischen Erbauer gezwungen hat, auf die schöne, strenge Planung ihrer normalen Städte zu verzichten. Er nimmt Ouria mit zu den großen Thermen, begeistert sich angesichts der Schwimmbäder, der Garderoben, der Latrinen, der Heizungsräume. Sie folgt ihm. Später zeigt er ihr das erste Forum. Von der steinernen Rednertribüne herab macht er sie auf den nahe gelegenen Opferaltar aufmerksam.

– Es ist alles da, eine vollkommene Anlage.

Der Markt, das Gefängnis, das Bordell, die Tempel für alle Glaubensbekenntnisse, die Bögen für mögliche Triumphe. Das Gestein ist kaum verwittert. Der Wind weht.

Seit diesem Tag weiß sie, daß er verrückt ist. Eine Verrücktheit, die ihr gefällt.

– Warum wollten Sie, daß ich Sie begleite?

– Warum?

Er kennt keinen Schauplatz, der erschütternder, auf offenere Weise geheimnisvoll wäre. Er hat das Gefühl gehabt, ohne sie nicht hierher zurückkehren zu können. Er kennt sie nicht, aber sie ist die Tochter jener Frau, die sich entschieden hat, ihren rebellischen Weg in dieser Stadt, deren Namen sie trug, zu beenden.

– Sehen Sie, sagt Sinclair, hier ist alles möglich.

Häuser, Wege, Schlupfwinkel, offen für die alltägliche Routine wie für sämtliche Exzesse.

Ouria sagt, daß sie ihre Mutter noch nie so innig verstanden hat. Er antwortet, daß sei das einzige Vermächtnis von ihr, das er weitergeben kann. Djemila ist Freiheit.

■

Sinclair weiß ganz einfach nicht, wie er Kontakt mit Barth aufnehmen soll. Er hat es nie gekonnt, nicht einmal, um sich zu erkundigen, wie es ihm geht. Er hat nie Lust dazu gehabt. Das Wenige, was er seit Jahren von seinem Sohn weiß, macht ihn bestürzt.

Nämlich: Barth ist ein Schmarotzer. Und ausgerechnet seines Stillschweigens muß man sich jetzt versichern.

Das übersteigt Sinclairs Kräfte. Übrigens weiß er auch nicht mehr, wo er die paar Telefonnummern notiert hat, unter denen Barth eventuell erreichbar ist. Seine Mutter, die Exgattin, diese Null? Allein der Gedanke, Barth durch ihre Vermittlung zu erreichen, erscheint Sinclair absurd. Diese Frau, die er einmal für einige Wochen geliebt hat, existiert nicht. Nur ein lästiger Name auf einem Scheck, jeden Monat. Eine Dummheit. Ein Irrtum des Lebens.

– Ich kümmere mich darum, sagt Djemila.

■

Diese Schüsse, wer hat sie abgefeuert?

Bobo ist früh aufgestanden. Er hat alle Informationssendungen gehört, er hat die Zeitungen gekauft. Nichts. Nicht das kleinste Echo auf ein lokales Ereignis, gestern, Villa Hallé. Und keine Nachricht von den anderen Schlauköpfen!

Offensichtlich haben sie Sinclair oder die kleine Nutte oder alle beide getötet. Sie werden sich versteckt haben. Aber man tötet nicht zwei Personen mit einem Schrotballermann, nein. In Wirklichkeit haben die beiden sich ins Bockshorn jagen lassen. Genau das ist es, Bobo kann es sich gut vorstellen. Der Fehler war, diesen Kerl unterschätzt, ihn für einen Schlappschwanz gehalten zu haben. Er hat sie Gewehr bei Fuß erwartet, die kleinen Spaßvögel, er hat sie kommen sehen, und er war mit etwas Besserem ausgerüstet als mit einer Kanone, die vielleicht gerade dazu taugt, den Weibern Angst einzujagen. In die Falle gegangen.

– Eine beschissene Sache, das Ganze!

Und wie beschissen. Jetzt bloß nicht den Kopf verlieren. Sinclair wird geschossen haben, um sie zu erschrecken. Danach hat er sie zu seinem eigenen Vergnügen noch ein wenig festgehalten. Oder er hat die Bullen gerufen. Ja, das hat er unter Garantie getan. Wie lange können sie einen einsperren, in Polizeigewahrsam nehmen? Hat man das Recht zu telefonieren?

– Ich sollte vielleicht die Kumpels bei der *Bewegung* verständigen.

Im Grunde haben sie weiter nichts getan, als eine Diebin, eine dreckige Araberin zu suchen, die obendrein auch noch bewaffnet war. Das fällt unter Politik, nichts anderes sagt auch Massart: Verhindern, daß sie das Gesetz bestimmen!

Bißchen abwarten. Er, Bobo, würde sich gar nicht wundern, wenn die beiden anderen innerhalb der nächsten Stunde angetanzt kämen, wütend, weil er sie im Stich gelassen hat. Und sollten sie nicht antanzen, wären es genauer besehen auch nicht die Kumpels, denen er die Geschichte zuerst erzählen müßte. Nein, es ist der Köter. Der alte Schweinehund Fourier.

■

Djemila findet Barth ohne Schwierigkeiten in einem Café in der Rue du Ranelagh (das bevorzugte Viertel dieses Knaben!). Sie kennt seine Gewohnheiten schon seit langem. Sie kennt die

Mädchen, mit denen er ausgeht, die Wagen, die er sich pumpt, die Tresen, an denen er gern Eindruck machen möchte. Sie liebt niemanden. Sie schätzt es, über die Leute Bescheid zu wissen. Über Barth zum Beispiel. Es amüsiert sie ungeheuer, daß Sinclair diesen Sohn verbrochen hat. Es weckt auch ihre Neugier.

Vor ihm am Kneipentisch ein nettes, aber völlig unbedeutendes Mädchen mit sehr roten Haaren und nach allen Regeln der Kunst aufgedonnert. Djemila stellt sich neben den Tisch, sagt, daß sie mit Barth unter vier Augen sprechen will. Es scheint ihr nicht gänzlich abwegig, daß das Mädchen außer dem spießigen Blouson, der nach nichts aussieht, und den gefärbten Haaren vielleicht eine Seele haben könnte. Möglich ist alles! Sie lacht. Das Mädchen versteht nicht. Djemila wiederholt ihre Aufforderung. Bitte sehr. Zum letzten Mal.

Djemila möchte dieser armen Person wirklich ungern eine kleben.

Barth stammelt, hat nichts kommen sehen, was immerhin eigenartig ist. Es ist ein ruhiger Laden mit einem Billardtisch im Hinterzimmer. Da treibt er sich gewöhnlich herum, wenn er seine Vorlesungen schwänzt. Er hängt nicht besonders an der Rothaarigen. Er weiß nicht mehr, an wem er hängt. Außer heftigst an sich selber.

– Laß uns.

– Aber…

– Laß uns, sagt er noch einmal zu seiner Freundin.

Djemila zieht zwei Dinge in Betracht. Erstens, daß Barth Angst hat. Leute, die Angst haben, sind immer Gegenstand ihres Erstaunens gewesen. Nicht der Verachtung: des Erstaunens. Zweitens, daß er sich geschmeichelt fühlt durch ihr Auftauchen. Dieses Bürschchen hatte nicht damit gerechnet, daß eine wie sie die Welt auf den Kopf stellt, um an seinen Tisch zu gelangen. Die Welt von Barth ist klein.

Nach Djemilas Ansicht versteht Barth nichts von der Welt.

Das Mädchen entfernt sich, ohne daß irgendwer daran Anteil nähme. Es hat auch keinerlei Bedeutung, denn sie weiß nicht einmal, was Demütigung ist.

– Alles ist geregelt, sagt Djemila. Das einzige Problem bist du. Mit wem hast du über den gestrigen Vorfall gesprochen?

Die Frage überrascht ihn dermaßen, daß Djemila beruhigt ist. Mit keinem! Mit keinem natürlich! Er ist gegangen, einfach drauflos marschiert – «Du kannst dir nicht vorstellen, was einem nach einer solchen Scheißgeschichte alles durch den Kopf geht!» – Er hat daran gedacht, zu den Bullen zu laufen, sich ins Wasser zu stürzen, hat einen Haufen unausgegorener Gefühlchen mit sich herumgeschleppt und ist schließlich in sein Zimmer zurückgekehrt. Djemila kennt es, sie ist einmal da gewesen: Super-Hifi-Turm, große Sportausstattung, ein altes Plakat von einem Konzert der Sex Pistols, alle Bücher seines Vaters, Fotos von seiner Mutter aus den Zeiten, als sie ein Pseudo-Star war, ein einziger Bluff das Ganze und das Bett nicht gemacht.

– Diese beiden toten Typen, das ist doch nicht möglich.

– Das ist durchaus möglich. Wir haben allerdings beschlossen, daß überhaupt nichts gewesen ist.

– Was?

– Du bist gekommen, um dir deine Piepen abzuholen. Du hast bekommen, was du wolltest, und ich habe dich nicht aufgehalten. Fertig.

Er muckt auf, wie vorauszusehen war. Der Form halber. Er braucht Erklärungen, weitere Einzelheiten. Er ist so, wie Sinclair ihn manchmal beschreibt, bedacht auf seine eigene Wichtigkeit, auf die Ungelegenheiten, die er provoziert. Djemila kann nichts Gutes an ihm finden.

– Du bist nur vorbeigekommen. Ein Abend wie jeder andere. Du hast nichts Besonderes gemacht. Das ist alles.

Er versteht. Das System von Sinclair, Djemila und diesem Bullen Jonas, alles klappt aufs beste, sie haben gründliche Arbeit geleistet. Aber ihre gesammelten Machenschaften sind von einer Kleinigkeit abhängig: von seiner, Barthélemys Existenz. Nur wenn er sich heraushält, vergeßlich, verschwiegen ist, läuft alles prima.

– Du kannst ruhig mit mir meckern, sagt der Junge nach einiger Zeit. Dieses Blutbad ist deinetwegen passiert. Ausschließlich deinetwegen.

Dann gibt er noch ein paar alltägliche, durchaus verzeihliche Dummheiten von sich. Daß es schrecklich war, daß er immerzu daran denken muß, diese toten Typen, das Blut etc. Ein Waschlappen, definitiv. Der nie mitgemacht hätte, nachts in einem Wald.

■

Die Mutter ist schön gewesen. Zumindest beweist das eine Fotografie. Falls Fotografien überhaupt etwas beweisen.

Niemand hat Djemila sagen können, wo ihre Mutter, die Rebellin, begraben liegt.

■

Der Journalist Fourier weiß genau, daß er Bobo mit seinen präzisen Fragen und dem sorgfältigen Notieren der Antworten in Wut bringt. Wo, wann, wie, warum? Dieser Junge mit dem rundlichen Gesicht nimmt die geringste Aufforderung zur Präzision als Beleidigung. Als ob nicht alles sonnenklar wäre!

– Die Zeit fürs Polizeigewahrsam ist längst abgelaufen. Sie sind nicht bei den Bullen. Sinclair muß sie umgeblasen haben.

– Oder sie haben ihn getötet und sind jetzt flüchtig.

– Das ist nicht dein Ernst, Köter! Ein Typ wie Sinclair um die Ecke gebracht, das wüßte man doch. Außerdem habe ich in der Zeitung gelesen, daß er demnächst im Fernsehen auftritt. Er ist der Mörder. Was wirst du tun?

Fourier lächelt. Dieser Bobo kann einen wirklich krank machen. Daß die Bewegung so viele oberflächliche Schwachköpfe in ihrem Kielwasser hat, ist das einzige, was er ihr vorwirft. Was er tun wird? Sinclair den Hals brechen, ganz einfach.

– Weißt du, warum man mich den Köter nennt? Nein? Ich will es dir erklären. Stell dir vor, als junger Mann war ich zuerst bei den Roten aktiv. In der Partei, klar. Ich war sogar ein Hundertfünfzigprozentiger in den Generalversammlungen. So sehr, daß man mich eines Tages leninistische Bulldogge schimpfte.

– Versteh ich nicht.

– Du hast die falschen Schulen besucht. Lenin war wie ein Köter, der den Feind beißt. Wem er seine Zähne einmal in die Waden geschlagen hatte, den ließ er nicht mehr los.

– Und… warst du lange bei diesen Schweinen?

– Lange genug, um den Spitznamen zu behalten.

Fourier steht auf, die Sitzung ist beendet. Bobo ist ein bißchen sauer. Er hat ein paar Bier und ein Schnäpschen getrunken und gedacht, der andere zahlt. Nun muß er die Erfahrung machen, daß Fourier seine Spitzel nie entlohnt. Vor allem dann nicht, wenn sie behaupten, ihre Drecksarbeit für die gute Sache zu tun.

In Wirklichkeit war es Fouriers Aufgabe gewesen, die Roten zu unterwandern. Damals hieß die *Bewegung* ‹Front› und war bereits nationalistisch. Faschistisch in gewisser Hinsicht.

In seinem Versteck vor der Kneipe lauert Jonas auf Fourier und prüft zerstreut die Ergebnisse seiner letzten Analysen. Sie sind für seine Laienaugen nicht zu entziffern, aber er begreift die allgemeine Tendenz. Weil sich damit alles andere aufs schlimmste bestätigt.

Dieser Bobo hat also geredet.

Das war vorauszusehen. Aber er hat sich nicht mit irgendeinem Journalisten eingelassen, sondern mit dem übelsten dieser Sorte: Fourier. Jonas kann nur konstatieren, daß er zu langsam reagiert hat. Ein weiteres Zeichen seines Nachlassens. Er folgt dem R5 des Köters. Es überrascht ihn nicht sonderlich, daß sein Ziel die Villa Hallé an der Place Denfert ist. Um ein bißchen zu schnüffeln, das Terrain zu sondieren. Die Routine eines Journalisten am Anfang der Fährte. In einigen Stunden wird er zwangsläufig die Gewißheit haben, daß sich die Spur von zwei jämmerlichen Handlangern vor drei Tagen mitten in Paris in der friedlichen Behausung eines berühmten Schriftstellers verloren hat. Ärgerlich.

■

– Wird Barth schweigen?

– Ich denke schon.

– Vielleicht hast du unrecht, ihn so sehr zu verachten.

– Ich werde ihn stets weniger verachten als du.

– Das sage ich ja.

So sehr Djemila sich auch an diesen seltsamen Mechanismus gewöhnt hat, sie ist überrascht. Sinclair weigert sich, über den Doppelmord zu sprechen, er weicht aus. Er bereitet auch seine Fernsehsendung nicht vor. An ihr bleibt es hängen, die anrufenden Journalisten, Freunde und Kollegen abzuwimmeln. «Freies Wort», die Sendung von Lucas, ist immer ein Ereignis. Ein gut einstudiertes Medienspektakel. Sinclair schreibt. Woran? An einem vagen Essay. Eine Geschichte über Städte, Topographie und Theater. Also über das Schicksal. Es geht ihm schlecht.

Djemila glaubt wirklich, daß Barth nicht reden wird.

Sie wird wahrscheinlich nie aufhören sich zu fragen, woran es liegt, ob man redet oder nicht.

■

Gegen ein Uhr, soviel man weiß. Ein paar Kilometer von Djemila entfernt, das Dorf dem Erdboden gleichgemacht. Keine Überlebenden. Frauen, Kinder, Greise. Und ein kompletter Führungsstab. Bis auf die Frau, die entgegen aller Tradition alles lenkt. Lenkt oder inspiriert. Die Jagd wird organisiert…

■

Anrufe bei den Kommissariaten, eigene Notizen, gut und sehr gut plazierte Freunde. Diskrete Fragen bei den benachbarten Anwohnern, peinlich genaue Ermittlung am Tatort, Lauschen auf Gerüchte. Der Köter macht sich sein Bild. Jonas, der ihn sorgfältig beschattet, errät ohne Mühe, welches.

Jonas kennt den Köter gut. Unter anderem kann er sich noch ausgezeichnet an den langen Artikel erinnern, den der Journalist ihm vor einigen Jahren im Rahmen eines von seiner Zeitung *Halte!* veröffentlichten Dossiers gewidmet hat. Titel: «Die roten Bullen». Ein prächtiger Zündstoff. Mit kleinen Irrtümern darin, genug, damit Jonas einen Diffamierungsprozeß gegen ihn anstrengen und gewinnen konnte. Ohne jegliche Brillanz. Im wesentlichen hatte der Köter, wo nicht die Wahrheit gesagt, doch zumindest richtig unterstellt. Anschließend hatten die Wahlen stattgefunden. Minister Sach war logischerweise ausgetauscht worden. Seitdem zeichnet sich die Karriere von Jonas durch ehrenamtliche Nominierungen aus. Lauter Abschiebungen. Es ist ihm egal. Bis auf die Tatsache, daß er eine kleine Rechnung zu begleichen hat, unmißverständlich, und zwar mit diesem Mann, Fourier. Aus Prinzip.

■

Auf der Hut sein. Er ist nicht das erste Mal auf einer heißen Spur. Der Köter weiß sehr genau, wie stark die Paranoia bei solchen Gelegenheiten um sich greift, das Gefühl, verfolgt zu werden, Mithörer am Telefon, verspätete Post etc. Man beruhigt sich. Und bleibt wachsam.

Er hat seinen Chef, Vrignot, informiert. Die Zeitung erlaubt ihm, sich rund um die Uhr mit diesem Fall zu beschäftigen, wobei auch die kleinste Information, die er aufsammelt, im Tresor seines Chefredakteurs zu landen hat. Eine Versicherung unter anderen.

Im Augenblick nichts Handfestes. Außer Mord kann es tausend andere Gründe dafür geben, daß die beiden Idioten sich nach ihrem Aufenthalt in der Villa Hallé in Luft aufgelöst haben. Aber daß sie abgeknallt worden sind, ist ebenfalls eine Erklärung. Wenn schon nicht die wahrscheinlichste, so doch die verlockendste. Sie wird für Fourier zur Gewißheit, als er von Bobos Tod erfährt. Ein Unfall...

Ein Verkehrsrowdy, spät in der Nacht, auf einer schlecht beleuchteten Straße in Aubervilliers. Ein toter Mann auf dem Pflaster. Gut zehn Meter von ihm entfernt ein Pack Kronenbourg, vom Zusammenstoß durch die Luft geschleudert und zerschellt.

Eine magere Akte ist schnell zusammengestellt. Robert Petit, genannt Bobo, 23 Jahre alt, Gelegenheitsarbeiter, hinlänglich bekannt bei der Polizei. Viermal verurteilt wegen Zechprellerei, Gewalttätigkeit etc. Sympathisant oder auch aktives Mitglied der *Nationalen Erneuerungsbewegung*. Analysebericht: Tod infolge von mehrfachen Brüchen, am Schädel, an der Wirbelsäule etc. Im Augenblick seines Ablebens war das

Opfer betrunken, 3,5 Promille Alkohol im Blut. Mehr als genug, um unglücklich zu stürzen und unter ein Auto zu geraten, das zu allem Überfluß auch noch von einem Verkehrsrowdy gesteuert wird.

Einige Tage später wird in einem ganz anderen Vorort ein gestohlener Wagen gefunden. Keinerlei Indiz weist auf die Identität des Diebes hin, kein Mensch kümmert sich darum, eine alltägliche Geschichte. Der Eigentümer ist glücklich, seinen Wagen wiederzuhaben. Die verbeulte Karosserie rund um den vorderen linken Scheinwerfer ärgert ihn nicht wirklich. Er spekuliert sogar darauf, daß die Versicherung für einige ältere Schäden aufkommt, die man als Folgen des Diebstahls ausgeben könnte. Ebensowenig wie die Polizisten achtet er auf den winzigen Stoffetzen, der an der Stoßstange hängt. Weder sie noch er haben je von Bobo gehört. Keiner weint ihm eine Träne nach.

■

Brice ist außerordentlich verärgert. Gerade hat er noch einmal das Bündel Notizen durchgesehen, das der Chef der allgemeinen Nachrichten ihm übergeben hat. Kein Artikel, nicht einmal ein Konzept. Kaum die ersten Anzeichen einer Nachforschung, eher auf dem Stand eines Geruchts. Eine üble Verleumdung. Die, wie es scheint, in weiteren Redaktionsräumen die Runde zu machen beginnt.

Brice sucht automatisch nach seiner Zigarettenschachtel, braucht mehrere Sekunden, bis ihm klar wird, daß er seit fast einem Monat nicht mehr raucht. Das trifft sich schlecht.

Diese Geschichte mißfällt ihm zutiefst. Wie ihm der Blick seines Journalisten mißfallen hatte, als er ihm untersagte, die diskrete, kurze und sehr vorsichtige Notiz zu bringen, die dieser verfaßt hatte, damit die *Tribune* ihren Weg abstekken konnte, ohne sich allzu weit vorzuwagen. Brice hat den Text vor sich, mit einem dicken roten Strich durchkreuzt.

«Zwei junge Männer, die flüchten und keine Adresse hinterlassen, das passiert alle Tage. Das macht kaum noch stutzig, wenn sie aktive Mitglieder einer extremistischen Partei sind. Einige ihrer politischen Freunde beschwören die Hypothese eines kriminellen Hinterhalts. Ihrer Meinung nach wäre eine bedeutende Persönlichkeit des kulturellen Lebens darin verwickelt. Halten wir fest, daß sie sich hüten, deren Namen zu nennen. Die Polizei versichert, über keinerlei Hinweis auf das Verschwinden der beiden jungen Aktivisten zu verfügen, die Familien haben um keinerlei Nachforschung ersucht.»

Der Prototyp eines Artikels, der nichts sagen will und gleichzeitig voller Andeutungen steckt. Und vor allem, was hat Sinclair darin zu suchen?

Brice nimmt den Hörer ab.

■

Jonas zerpflückt seine Wachtel mit einer solchen Gründlichkeit, daß es einem auf die Nerven geht. Brice hat sein Essen kaum angerührt. Er hat gesagt, was er zu sagen hatte. Nie in seinem Leben hat er jemanden um Rat gefragt, wenn es um die Zweckmäßigkeit eines Berichts in seiner Zeitung ging. Schon gar keinen Polizisten. Und wäre es ein Freund, den er seit dreißig Jahren kennt. Jonas, Brice, diese Manie, sich untereinander immer noch mit ihren Decknamen anzureden!

– Fassen wir zusammen, sagt Jonas und zündet sich eine Camel an. Ein paar Anfänger in deinem progressiven Blatt erfahren, daß ein Kollege der extremen Rechten Nachforschungen anstellt über eine Sache, die man das Verschwinden zweier Handlanger der Nationalen Erneuerungsbewegung nennen könnte.

– Fourier hat ihnen versichert, daß Sinclair in den Fall verwickelt ist. Sie haben Nachprüfungen vorgenommen. Die Typen sind nicht bei ihren Arbeitgebern erschienen und von niemandem aus ihrem Umkreis mehr gesehen worden.

– Du kennst Fourier doch?

– Den Köter? Wenn du damit sagen willst, daß Manipulation im Spiel ist, daran habe ich gedacht und meine Journalisten ebenfalls. Das ändert nichts daran, daß die Typen unauffindbar sind. Daß einer ihrer sehr engen Freunde danach bei einem etwas merkwürdigen Unfall umgekommen ist und daß…

– Was?

Brice hat diese Art von Jonas nie verstanden, den langsamen Denker spielen, so tun, als genieße er einen Käse, während sein Gehirn auf Hochtouren läuft. Verflucht! Der Freund und Bulle ist der letzte, der nicht weiß, daß Djemila unkontrollierbar ist.

Und außerdem registriert Brice dies: Jonas hat seit mehr als zehn Jahren nicht mehr geraucht. Rücksicht auf die Gesundheit verpflichtet. Seit Beginn der Mahlzeit hat er mehr als eine Schachtel gequalmt. Und nicht mit Wein gespart.

– Spricht der Köter von ihr?

– Durch die Blume. Alles läuft so, als ob der Schweinehund uns um mehrere Längen voraus ist. Die kleinen Informationen, die er rausläßt, sollen vielleicht ein faules Gerücht lancieren. Vielleicht tut er es auch, um sich zu schützen. Oder um die Dinge in Bewegung zu bringen.

– Deine Meinung?

Brice hat lange nachgedacht. Fourier hat zu viele Eisen im Feuer, als daß er sich unüberlegt die Finger verbrennen würde. Ein Köter, aber kein Idiot. Sinclair ist ein dicker Brocken. Man kann seinen Namen nicht mit einem Doppelmord in Verbindung bringen, wenn man nicht wenigstens ein Anfangsfädchen zu dem Vorgang in der Hand hat.

– Was machen deine Leute?

– Was jeder Journalist machen würde. Sie sondieren das Gelände. Jeden Tag kommen sie mit neuen Auskünften, winzigen Kleinigkeiten. Zusammengenommen und auf eine bestimmte

Weise gelesen macht das Ganze Appetit darauf, tiefer zu schürfen.

– Hast du ihnen grünes Licht gegeben?

– Hätte ich es nicht getan, würden sie noch intensiver suchen. Es darf nicht so aussehen, als schützte ich Sinclair.

– Hast du ihn gewarnt?

– Ich wollte dich vorher treffen. Schließlich sind wir beide seine ältesten Freunde.

Manchmal stellt Jonas sich Fragen. Freundschaft, was ist das für Sinclair? Treue, die praktiziert er. Kameradschaft auch. Ganz zu schweigen von herzlichen, angeblich brüderlichen Gefühlsausbrüchen. Aber Freundschaft?

Der Bulle räumt ein, daß er selber nicht ganz der Richtige ist, über diese unpassende Empfindung große Überlegungen anzustellen. Brice hat soeben etwas ausgesprochen, was er für eine alarmierende Hypothese hält. Alles hängt mit Djemila zusammen. Aus irgendeinem Grund könnten kleine Faschos ihr übel gewollt haben. Sie wären über Sinclair gestolpert. Die Sache wäre außer Kontrolle geraten.

– Gar nicht mal dumm, sagt Jonas amüsiert.

– Und dennoch, wendet Brice ein. Einen Sinclair, der sich so weit hinreißen läßt, daß er zwei junge, unerfahrene Burschen tötet, kann ich mir schwer vorstellen.

– Das Problem mit den Faschos ist, daß es sehr viel schwieriger wird, mit ihnen aufzuräumen, sobald sie Erfahrung gewonnen haben.

– Und so etwas sagt ein Bulle!

– Ein weiser Alter. Wir sind nicht mehr jung, mein lieber Brice, und ich bin vielleicht zu lange ein Bulle gewesen.

– Willst du damit sagen, du hältst es für möglich, daß Sinclair diese Würstchen getötet hat?

– Wenn er es getan hat, dann sicher nicht aus Nervosität. A priori vertraue ich ihm also. Und dann…

– Nicht nötig, unterbricht Brice. Ich weiß, was du sagen willst. Auch mir hat der Kommandant Sinclair das Leben gerettet. Mindestens einmal. Vielleicht öfter. Wenn er in der Klemme sitzt, diskutiere ich nicht über seine Beweggründe.

Zwei Veteranen in einem ruhigen Restaurant in der Nähe der Place des Victoires, im Begriff, sich die perverseste Logik, die es gibt, zu eigen zu machen. Die Logik der Kameradschaft, der bewegten Erinnerungen, der gerechten Sache, die sich im schwindenden Gedächtnis, dem Walzwerk der neuen Realitäten, verliert.

Brice wird Sinclair seinen Bericht erstatten. Jonas wird einige Verfügungen treffen. Wie er es seit dem Doppelmord in der Villa Hallé unablässig getan hat. Den Köter beseitigen? Dieser Gedanke ist Jonas schon lange vor dem Essen gekommen. Eine verführerische Maßnahme. Ein bißchen gewagt, was die Folgen angeht. Was weiß dieser Bursche wirklich? Was hat er als Akte hinterlegt, zu öffnen im Unglücksfall?

■

Je mehr Jonas darüber nachdenkt, desto sicherer erscheint es ihm, daß der Junge, Barthélemy, das schwache Glied in der Kette ist.

Sinclair hat sich gesträubt, über ihn zu reden. Er hätte ihn am liebsten ganz aus dem Fall herausgehalten. Barth wird seinen Vater nie verraten. Aber er kann gewissen Stimmungen erliegen, so zwischen Rock'n Roll und Haschischrausch, Liebeskummer und Prüfungsvorbereitungen. Gesehen zu haben, wie der eigene Vater zwei junge Trottel abknallt, ist nicht gerade eine tröstliche Erinnerung. Man könnte versucht sein, sie mit jemandem zu teilen.

Jonas ist immer froh gewesen, kein Kind zu haben. Und mehr noch, niemals wirklich Verlangen danach gehabt zu haben. Bis auf ein Mal, vor langer Zeit.

Den jungen Barth zu finden, dürfte kein Problem sein. Komplizierter wird es sein, den Köter dabei nicht aus den Augen zu verlieren. Jonas hat wenig Zeit.

■

Auf dem Tisch ausgebreitet die Fotos von Djemila.

Fourier ist noch nicht wirklich überzeugt, aber er kann es sich gut vorstellen. Die Verschwörung der alten Halunken rings um den Doppelmord. Eine verdammte Mafia: Die Ehemaligen aus dem Maquis, aus Algerienzeiten und anderen Episoden, mit denen er sich befassen muß, er ist in Form. Denn er hat das Gefühl, sie endlich in der Hand zu haben. Eine Revanche. Nicht nur die seine.

■

Sie haben mit äußerster Sorgfalt alles geputzt. Eau de Javel, Scheuermittel Saint-Marc, anschließend Bohnerwachs, mehrere Schichten, sehr gründlich. Auch ein wenig Farbe. Von der schnell trocknenden, geruchlosen Sorte. Villa Hallé, eine schöne, chaotische Intellektuellenwohnung.

Sinclair lauscht aufmerksam seinem Anrufer, macht sich Notizen auf einem Block. Unleserliche Schrift.

Was Brice ihm da sagt, überrascht ihn überhaupt nicht, das ist ganz normal. Natürlich hat er das Kommen und Gehen im Viertel beobachtet. Kaufleute, Nachbarn haben ihm von den Fragen berichtet, die man ihnen seinetwegen gestellt hat und auch wegen dieser hübschen jungen Frau, dieser Ausländerin, die ihn so oft besucht.

Sicher liegt es an seiner Schriftstellerei fürs Theater, jedenfalls hat Sinclair sich nie vorgestellt, daß ein Verbrechen in Friedenszeiten ungestraft bleiben könnte.

Das ist nichts für ein Telefongespräch. Sinclair schlägt Brice ein Treffen vor, da will er deutlicher werden. Brice ist einverstanden.

– Wirst du es ihm sagen? fragt Djemila.
– Daß ich diese Typen getötet habe? Natürlich.

■

Die Klingel. Fourier blickt durch den Spion. Seine Überraschung könnte nicht größer sein: Trotz der Verzerrung, die durch die Linse verursacht ist, erkennt er sehr wohl das ausgemergelte Gesicht von Jean-Paul Massart hinter der Tür. Er öffnet.

– Darf man?

Als ob es da etwas zu diskutieren gäbe!

Von der Diele aus ist Massart bereits ins Büro hinübergegangen. Sein Begleiter steht noch in der Eingangstür, die für seine Schultern fast zu schmal ist. Massart weist ihn an, ihn in einer halben Stunde abholen zu kommen.

Ein paar Minuten lang läßt sich der Chef der *Nationalen Erneuerungsbewegung* über den lästigen, aber notwendigen Zwang aus, daß ein Mann seines Kalibers ständig von einem Leibwächter begleitet werden muß. Massart ist schon das Ziel von Attentatsversuchen gewesen. Er ist ganz schön stolz darauf.

– Hübsch bei Ihnen, sagt er, nachdem er das schäbige, kleine Zimmer taxiert hat.

Ein großer Kerl um die sechzig, Lederhaut, graues kurzgeschnittenes Haar, sehr militärisch im Auftreten, klar. Blauer Marineblazer (diskretes Fallschirmjägerabzeichen am Revers), graue

Flanellhose, korrekt gebundene Krawatte in den Farben der Trikolore: sozusagen die Uniform der Führer der *Bewegung*. Fourier würde gern protestieren, dieser unerwartete Besuch verdirbt ihm die Stimmung. Massart setzt sich in den einzigen Sessel des Büros.

– Wie weit ist Ihre Untersuchung?

– Aha, Sie wissen Bescheid.

– Also?

– Es ist ziemlich kompliziert, sagt Fourier und nestelt nach einer Zigarette (er rüstet sich zum Schwadronieren).

Seine Bewegung wird unterbrochen.

– Seien Sie doch so freundlich, in meiner Gegenwart nicht zu rauchen, läßt Massart sich vernehmen. Der Geruch nach kaltem Tabak, der hier herrscht, ist schon penetrant genug.

Scheiße, denkt der Köter verdutzt, dies ist schließlich meine Wohnung.

Meine Wohnung, aber Massart ist der Boß. Massart! Also gut.

– Ich bin überzeugt, daß Sinclair die beiden Burschen getötet hat. Vielleicht sogar einen dritten. Keinerlei Beweis, nur Vermutungen.

– Die Polizei?

– Gewisse Freunde haben mir Tips gegeben. Von offizieller Seite ist niemand mit dem Fall befaßt.

– Im Augenblick ist das gar nicht so schlecht, sagt Massart. Das verschafft uns größere Bewegungsfreiheit. Rechnen Sie damit, zum Abschluß zu gelangen?

– Ich hoffe schon.

– Ich rechne darauf. Aber verstehen Sie mich richtig, mein Lieber. Wenn diese Verbrechen, deren Ursache ich nicht kenne, stattgefunden haben können, während unser Mann weiterhin durch Paris stolziert, dann unvermeidlicherweise deshalb, weil er von der Komplizenschaft dieser ganzen Schweinebande profitiert hat, die uns ja zur Genüge bekannt ist. Über einige von denen haben Sie schon Nachforschungen angestellt, Sie müssen Ihre Unterlagen wieder zur Hand nehmen. Das ganze Nest muß ausgehoben werden.

Daran hatte Fourier auch schon gedacht. Nutzlos der Versuch, Massart zu unterbrechen. Der Chef hört sich für sein Leben gern reden. Er gerät in Feuer.

– Man muß die Vergangenheit dieser Leute wieder ausgraben, bis zur Libération und noch weiter zurückgehen, sie alle in Verruf bringen. Zeigen, daß sie nicht erst seit heute Verbrecher sind, die es unbarmherzig zu bekämpfen gilt. Begehen Sie nicht den Fehler zu glauben, es handle sich um einen einfachen journalistischen Coup. Diese Affäre ist eminent politisch.

– Wollen Sie damit sagen, daß sie meine Kräfte übersteigt?

– Auf die Dauer ja. Aber beim gegenwärtigen Stand werden Sie die Sache weiterführen. Ich lasse Ihnen die Namen einiger persönlicher Freunde da, Polizisten, ehemalige Militärs, Politiker etc., die alle bereit sein werden, Sie diskret zu unterstützen. Veröffentlichen Sie nichts ohne meine

Genehmigung, ich habe Ihren Chefredakteur verständigt. Sind wir uns einig?

Was bleibt ihm anderes übrig? Massart ist schon aufgestanden, um sich zu verabschieden. Er ist gut zwei Kopf größer als Fourier! Es klingelt. Der Leibwächter ist pünktlich.

– Ein letztes Wort, mein Freund. Der Chef Ihres Blattes ist ein braver Kerl, aber des öfteren auch ein Idiot. Ich möchte Ihren Bericht über diese Untersuchung alle 48 Stunden persönlich in Empfang nehmen. Unter dieser Adresse. Ich verlasse mich auf Sie.

Der Gorilla zeichnet sich im Türspalt ab. Massart verschwindet.

Fourier steht benommen da, ein Blatt aus einem Notizbuch in der Hand, das mit einigen Zeilen bekritzelt ist, aus der Feder des Chefs höchstpersönlich. Jedenfalls nimmt er es an.

■

Bei ihrer Ankunft ist sich Jonas nicht ganz sicher gewesen. Der Aufpasser im Anorak, der draußen vor dem Haus des Köters auf und ab ging, hat seinen Verdacht erhärtet. Als sie herauskommen, wird er zur Gewißheit, Massart!

– Das gefällt mir nicht, brummt der alte Bulle mit schuldhaftem Frohlocken. Das gefällt mir ganz und gar nicht.

■

Es ist Djemila, die aus den Händen des Telegrammboten die Einladung für die Sendung «Freies Wort» entgegennimmt. Alle hatten es vergessen, es ist nicht so wichtig. Sinclair (seine große Klappe, seine Skandale) wird zwei oder drei Mal pro Jahr ersucht, dort aufzutreten, unter dem Vorwand eines neu erschienenen Buches, einer Debatte, die mehr oder weniger seine Kompetenzen berührt. Und auf welchem Gebiet ist er nicht kompetent? Er begibt sich stets mit perfekter Lässigkeit ins Studio, zieht seinen Streifen ab und lädt Djemila anschließend in ein gutes Restaurant zum Essen ein. Damit sie ihm vergibt?

Jetzt hat sich Sinclair in seinem Büro eingeschlossen, große Unterredung mit seinem Freund Brice. Djemila hat diesen famosen, großherzigen und verklemmten Mann nie sehr geschätzt. Was nichts Besonderes heißen will, Djemila schätzt niemanden.

Sie hat keinen Augenblick geglaubt, alles wäre erledigt nach einigen Schaufeln voll Erde eines Nachts in einem kleinen Wald. Nichts erledigt sich je auf diese Weise.

■

Brice hat seine kleine Rede, das Exposé seiner Beunruhigungen, noch einmal vorgetragen. Es gelingt ihm nicht sich vorzustellen, daß er sich wahrscheinlich im Haus eines Verbrechens befindet. Trotz seiner sehr sanften Miene ist ihm Gewalttätigkeit nicht fremd, er hat gekämpft, nach allgemeiner Ansicht sogar ausgesprochen beherzt. Niemals hat er erfahren, ob er bei den bewaffneten Auseinandersetzungen im Maquis einen Menschen getötet hat oder nicht. Eine Frage, die ihn quält, wenn er irgendeine Depression durchmacht (das kommt häufig vor), aber noch öfter (und insgeheim), wenn er einen seiner berühmten, moralisierenden wöchentlichen Leitartikel für die *Tribune* verfaßt.

Was Sinclair ihm zu sagen hat, nimmt er ohne echte Überraschung zur Kenntnis.

– In diesem Haus sind zwei Männer getötet worden. Es gab keinerlei triftigen Grund. Ich habe einen kolossalen Fehler gemacht, für den es keine Rechtfertigung gibt.

– Kannst du mir mehr darüber sagen?

– Im Augenblick nicht, selbst dir nicht. Es ist auf gar keinen Fall meine Absicht, mich selbst zu schonen, das ist alles, was du wissen mußt.

– Wie du meinst. Kann ich dir irgendwie helfen?

– Ja. Hier ist ein Umschlag. Es gibt zwei Situationen, in denen du seinen Inhalt in der *Tribune* veröffentlichen mußt: Wenn ich dich darum bitte oder wenn du von meinem Tod erfährst. In diesen beiden Fällen keinerlei Diskussion.

– Und wenn ich vor dir sterbe?

– Ich habe weitere Verfügungen getroffen, aber du siehst mir nicht sonderlich gefährdet aus.

– Und bei der Zeitung?

– Ich schätze die *Tribune* sehr. Ich fände es unmöglich, eine Information dort nicht zu veröffentlichen, die auf unanfechtbaren Nachforschungen beruht, und letztere sind nicht leicht zu führen, wenn man Wert auf Beweise legt.

– Du machst mir Angst, Kommandant.

– Auch du machst mir Angst, Brice. Genau wie Jonas. Eure Treue ist schrecklich beunruhigend. Aber ich danke euch dafür.

■

– Sie machen mir Angst, sagt Sinclair zu Djemila. Sie jagen mir alle Entsetzen ein mit ihren guten Diensten. Ein kleiner Ladeninhaber knallt einen Halbstarken ab, vorzugsweise einen nordafrikanischen, und sie regen sich auf. Ein Typ greift zu seinem Kleinkalibergewehr, weil lärmende Burschen seine Siesta stören, und es ist Ausdruck des gewöhnlichen Faschismus. Der Kommandant Sinclair erschießt zwei jämmerliche Würstchen, die mit einem Schreckschußrevolver bewaffnet waren, und sofort tritt die Heilige Allianz auf den Plan, Einstellung des Verfahrens. Im Namen der Freundschaft und obendrein von Prinzipien. Prinzipien haben wir nämlich. Seit wieviel Jahren beweisen wir es nun schon! Und sie gehen hin, setzen ihre Karriere, ihre Stellung aufs Spiel, nur daß es diesmal für die allerübelste Sache ist: den Mist, den der alte Waffenbruder gebaut hat. Indem sie mich schützen, schützen sie sich. Verstehst du, das Bild muß aufrechterhalten werden. Der Tod von zwei kleinen Halunken darf das Gemälde nicht verderben. Und ich? Ich will dir etwas gestehen, ich habe mir die Ausweispapiere dieser blöden Burschen angesehen, bevor ich sie verbrannt habe. Ich kann mich nicht einmal mehr an ihre Namen erinnern! Unbedeutende Verschollene, um die sich kein Mensch Sorgen macht! Der einzige, der sich für sie interessiert, tut es, weil er abrechnen will. Was für eine Farce!

– Du bist betrunken, sagt Djemila. Du weißt sehr gut, daß du mindestens diesmal für nichts verantwortlich bist. Das ist es, was dich betrübt.

■

Djemila registriert eins. Sinclair hat keine Sekunde geglaubt, sie könnte losziehen und die Wahrheit ausposaunen. Er hat recht, sie wird es niemals tun.

Sie gibt es ungern zu: Da ist ein Mann, mit dem sie Geheimnisse teilt, und die schlimmsten sind sicher erst noch zu entdecken.

■

Brice hört ihnen zu, beobachtet sie. Sie haben sich Notizen gemacht, fliegende Blätter. Sie greifen kaum darauf zurück für ihren Bericht. Die beiden jungen Männer sind verunsichert. Sie schreiben nun seit fast zwei Jahren regelmäßig in der *Tribune*, und es ist das erste Mal, daß sie das Büro des Chefs betreten. Er hat darauf bestanden, mit ihnen persönlich eine Zwischenbilanz über den Ermittlungsstand zu ziehen.

Was sie sagen? Tatsache ist, daß es einen latenten Fall Sinclair gibt, der irgendwann auffliegen kann. Keinerlei Beweise, aber ein Haufen Fragen. Sie brauchen Brice ja wohl kaum zu erzählen, daß man mit einem Trommelfeuer von Fragen und möglichen Antworten im Konditional leicht einen Skandal inszenieren kann.

– Euer Eindruck?

Sie zögern, hüsteln. Wenn es um irgend jemand anders ginge, klar, sie wären offensiver. Einer der Journalisten hat Brice sogar gleich zu Anfang gesagt, daß Sinclair sein Prof gewesen ist und daß er ihn aufrichtig bewundert. Schädlich, wenn solche Emotionen im Spiel sind.

– Das ist ein vollständig vermintes Gelände. Nichts ist sicher außer dem Verschwinden der beiden Handlanger und dem Tod ihres Kumpels. Ich versichere Ihnen, daß wir nicht die geringste Lust haben, Massart und dem *Halte!* in die Hände zu arbeiten.

– Glaubt ihr, daß der Köter über Munition verfügt?

– Er läßt es verlauten. Wenn es um Brunnenvergiftung geht, fürchtet er niemand.

– Sehr gut, meine Herren, sagt Brice. Was schlagen Sie vor?

Die beiden Journalisten bleiben lange stumm. Unter all den Erinnerungsfotos, die den Direktionsschreibtisch zieren, gibt es eins, auf dem Brice und Sinclair zu sehen sind. In Gesellschaft von Malraux! Die großen taktischen Manöver, die der Terminplan für die bevorstehenden Wahlen nahelegt, sind ihnen ebenfalls bekannt. Sie fühlen sich auf die Probe gestellt und zugleich in die Falle gelockt von einem Mann, dessen berufliche Integrität legendär ist.

– Ich denke, es wäre verfrüht, beim gegenwärtigen Stand unserer Ermittlung irgend etwas zu veröffentlichen.

Brice hat bemerkt, daß der Journalist gesprochen hat, ohne die Meinung seines Kollegen einzuholen.

– Und Sie?

Der ehemalige Student von Sinclair fühlt sich unbehaglich.

– Ich bin einverstanden, bringt er schließlich heraus. Wir können uns noch ein wenig Zeit lassen. Aber es gibt ein Risiko.

Er blickt Brice direkt in die Augen und weist darauf hin, in welchen Mißkredit die *Tribune* geraten würde, wenn man sie verdächtigte, einen der politischen Freunde ihres Herausgebers zu decken.

– Ich teile diese Sorge voll und ganz. Aber aus dem, was Sie mir gerade gesagt haben, geht hervor, daß wir über keinerlei nachgeprüfte und haltbare Information verfügen, die es rechtfertigen würde, Sinclair ins Gebet zu nehmen. Also haben wir auch keinen Grund, einer Sache neue Nahrung zu geben, die für den Augenblick nur ein Gerücht, ja eine Verleumdungskampagne ist. Bevor wir uns trennen, eine letzte Frage.

Beweise sind eine Sache, das Gefühl ist eine andere. Brice fragt seine Journalisten nach ihrer ganz persönlichen Überzeugung. Sie geben sich reserviert.

– Wir sind keine Richter.

– Wir sind unter uns.

– Über Sinclair läßt sich nichts behaupten. Aber die Frau, mit der er zusammenlebt, ist wirklich nicht sauber. Er hängt sehr an ihr.

Brice beendet die Unterredung. Ein wenig enttäuscht stellt er fest, daß keiner der beiden Journalisten gewagt hat, ihn zu fragen, was er, der Freund seit ewigen Zeiten, weiß oder denkt. Wie Sinclair es bei der unvermeidlichen Unterredung mit ihm formuliert hat: Man macht keine gute Zeitung noch sonst irgend etwas Interessantes mit jungen Leuten, die respektvoll sind.

■

Über die Kriegszeit spricht Sinclair fast nie mit ihr. Am meisten hat er darüber gesagt, als sie in der toten Stadt waren, und das war wenig genug. Aber genau da liegt das Geheimnis, im Labyrinth der großen Bühne.

Wenn er nicht zu Hause ist, stöbert Djemila manchmal in den Pappkartons herum, in denen er wahllos seine Unterlagen stapelt. Was sie tut, hat nichts Indiskretes, auch wenn sie sich stets unbehaglich dabei fühlt. Sinclair hat ihr mehrfach vorgeschlagen, ein bißchen Ordnung in das Durcheinander zu bringen. Er wollte sie sogar dafür bezahlen. Sie ist immer ausgewichen, hat es ihm auf unbestimmte Weise übelgenommen, daß er solchermaßen sämtliche Teile des Puzzles preisgeben wollte. Djemila zieht den Einbruch vor.

Keinerlei Ordnung: Presseausschnitte, Briefe, Fotos, Postkarten, maschinegeschriebene Seiten ohne nähere Kennzeichnung etc. Es gibt Dutzende dieser Akten, meist auch ohne Jahresangabe. Das Chaos seines Lebens.

Rein zufällig ist Djemila eines Tages auf eine große Sammlung von Fotos gestoßen, die Barth in verschiedenen Altersphasen zeigen. Liebevoll, aber ungeschickt aufgenommene Familienbilder, zweifellos von Sinclair gemacht. Aus der Zeit, als Vater und Sohn unzertrennlich waren. Zum Teil, weil es nicht anders ging. Zum größeren Teil, weil es sehr schön war.

Auf dem jüngsten der Fotos hat Djemila große Schwierigkeiten, die Züge des Barth wiederzufinden, den sie bei ihrer Ankunft in Paris kennengelernt hat. Der engstirnige, habgierige Junge, der bereits all seinen Charme verloren hatte. Sie muß voreingenommen sein, das ist klar. Wenn sie nur wüßte, für wen!

Man müßte sich mehr für Barth interessieren. Vor allem jetzt. Ihr ist nicht danach zumute.

■

Heute schnüffelt Djemila lieber in anderen Kartons herum, Kartons, in denen die Überreste aus der Zeit aufbewahrt sind, als sie gerade geboren war. Die Mutter im Maquis. Der Vater so rasch umgekommen. Die Zeitungen. Manchmal einfach ausgeschnittene Titel. Die Wiedereinberufung der Reservisten. Die Sondervollmachten. Algier, die Weiße Stadt, unter dem Feuer der Terroristen. Die Bomben, die Attentate. Oberst Massu gibt bekannt. Massaker im Constantinois[5] etc. Etappen, unzusammenhängende Worte. Erinnerungsfetzen.

Als sie zum erstenmal bei Sinclair war – er hatte ihren Besuch garantiert nicht erwartet –, hatte sie erstaunt festgestellt, daß es im Büro eine alte, ziemlich gewöhnliche Postkarte von Djemila gab. Sie war hübsch eingerahmt.

Sie durchblättert weitere Packen von Presseausschnitten. «Wie Djemila Assedine gestorben ist». Sinclairs Inhaftierung wegen dieses Artikels. Sein Prozeß. Das beschwichtigende Gefälligkeitsurteil. Die Artikel im *Express*, dann in der *Tribune*. Die berühmten Unterschriften. Die lobenden Erklärungen der algerischen Revolutionsführer, die den Mut dieses französischen Offiziers begrüßten.

Sie verliert sich darin.

■

Auch Fourier liest die Zeitungen, die alten Papiere noch einmal durch. Seine Sammlung ist sehr viel größer und besser geordnet als die von

Sinclair. Die Sammlung eines Journalisten und politischen Aktivisten.

Sinclair hat nicht nur die Folter angeprangert. Als Soldat hat er seine Kameraden, Männer aus Fleisch und Blut, denunziert, hat sie verraten.

Der Köter geht die Ausschnitte durch, die vergilbten Flugblätter, diese ganze Mobilisierungskampagne von Eierköpfen. Sie hatten zu allen Tricks gegriffen, um einen Helden aus ihm zu machen. Die gleichen wie heute, Brice, Lucas, die gesamte Mafia... und sogar ehemalige Gaullisten, nichts natürlicher als das!

Er trifft Leute, viele Leute, die das alles erlebt haben.

Basile zum Beispiel. Er war Oberfeldwebel einer Fallschirmjägerdivision in der Region von Constantine. Er kennt sie gut, die Bürschchen von der Agentur Protector. In der *Bewegung* ist er eine Art Papi, dessen Geschichten man sich gern anhört.

Fourier stellt das Tonbandgerät an:

– Sinclair? Ich habe ihn nie besonders gut verstanden. Ich habe Leute kennengelernt, die unter seinem Kommando gedient haben. Sie beteten ihn an. Er war wirklich ein guter Soldat, ein guter Führer auf dem Gelände. Ohne Haß, weißt du. Sehr erfolgreich. Korrekt. Immer auf der Hut vor den verdammten Fellaghas[6]. Ein Spezialist für diese Art Scheißkrieg. Ich glaube, daß man ihn deshalb in ein Elitebataillon mit lauter Hartgesottenen versetzt hat. Wegen seiner Erfahrung, nicht nur der, die er im Dschebel[7] gewonnen hat. Nein, sagen wir... in der Résistance, im Maquis.

■

Später dann Jeff, der Automechaniker.

Er ist aus dem nostalgischen Zirkel der ehemaligen Fallschirmspringer ausgebrochen. Das hindert ihn nicht daran, von Zeit zu Zeit mit einem Freund ein Glas zu trinken.

– Durchgedreht ist er beim XV. Fallschirmjägerregiment. Das waren zähe Burschen. Leute aus der Gegend, die sich die Partisanen wirklich vorgeknöpft haben. Folter? Man konnte sich die Mittel nicht aussuchen. In der direkten Konfrontation stellten sie sich all diese Fragen nicht. Die Kameraden umgebracht, die eigenen Eier im Mund... verflucht, wenn man das auch nur ein einziges Mal gesehen hat!... Nein, ich selber habe nie Verhöre durchgeführt. Heute bin ich eher froh darüber. Damals, das schwöre ich dir, habe ich bedauert, daß ich sie mir nicht unter vier Augen, Mann für Mann einzeln vorgenommen habe, diese Schweine, die uns in die Hände fielen. Sinclairs Haltung? Man hat gesagt, er wäre ein Verräter. Ich weiß nicht. Es war keine Zeit für halbe Sachen. Er hatte den Ruf, erfolgreich zu sein. Trotzdem war er ein Eierkopf. Vielleicht sind ihm die Nerven durchgegangen. Man kann es sich nicht mehr vorstellen. Die Scheiße, das Blut, es ist nicht geklärt. Zugegeben, er hatte seine Auszeichnungen. Egal. Es war nicht klar. Ich sage dir das, weil man von meiner Baracke aus nachts die Schreie der Burschen hörte. Die Frau hat auch geschrien. War er an jenem Abend dabei? Ich weiß es nicht. Ist lange her. Warum muß man ständig von neuem über das Ganze sprechen?

■

Unter vielen anderen dann noch Max, Versicherungsagent. Stattlicher Bauch. Inzwischen überzeugter Zentrist.

– Sie waren ein sehr gefährlicher Trupp. Sinclair? Man respektierte ihn wegen seiner Vergangenheit als Résistancekämpfer. Jeder wußte, daß er nicht mit Leib und Seele Soldat war. Aber wer war das schon? Die Burschen auf der anderen Seite führten einen ekelhaften Krieg. Man braucht sich nur unseren Zug anzusehen: Alle Kader sind tot. Glaube ich. Bis auf Sinclair. Er ist diesem Scheißhinterhalt entgangen... ich glaube, er war in Arrest damals. Man kann ihm in die Visage spucken für das, was er über die Kameraden gesagt hat, aber man kann nicht sagen, daß er nicht mutig war. Ich habe unter seinem Kommando gedient. Er war nicht einverstanden mit diesem Krieg, aber er hat ihn geführt. Es ist komisch, aber mit dem Rückzug, ich glaube, als er sich aufgelehnt hat, das war aus... aus Patriotismus, kann gut sein. Ganz zu schweigen von dieser Djemila! Sie hat uns alle fasziniert, müssen Sie wissen...

■

Eine nächtliche Treibjagd. Sie sind ihr auf der Spur, es gelingt ihnen, sie zu verwunden, sie nehmen sie gefangen. Das Ganze spielt sich in einem Winkel des Hochplateaus ab, unebenes Gelände. Berichte erwähnen es. Danach nichts mehr. Keinerlei offizielles Dokument über das Verhör, die Umstände des Todes. Kein Zeuge mehr.

Nichts als der Artikel von François Sinclair.

«Am Morgen nach der Rückkehr von der Patrouille haben meine Kameraden mir berichtet, daß Djemila Assedine gestorben sei. Sie meinten, ein Unfall. Ich habe darauf bestanden, die Leiche zu sehen, was ich nach vielen Widerständen durchsetzen konnte. Es ist offensichtlich, daß diese Kämpferin zu Tode gefoltert worden ist. Es gibt keine Verordnung, die es erlaubt, die Wahrheit über ein unverzeihliches Verbrechen zu verschweigen.»

■

Fourier breitet seine Notizen und Tonbänder auf Vrignots Schreibtisch aus.

– Beim derzeitigen Stand meiner Untersuchung kann ich heute folgendes festhalten: François Sinclair war ein wiedereinberufener Offizier mit beispielhaften Leistungen. Zusammengebrochen ist er anläßlich der Festnahme dieser Djemila, die unter bis heute ungeklärten, aber angesichts der Bedingungen jenes Krieges leicht vorstellbaren Umständen gestorben ist.

– Jener Aufrechterhaltung der Ordnung, Köter, unterbricht der Chefredakteur. «Krieg», das war der Ausdruck der Frankreichgegner.

Mindestens in diesem Punkt hat Massart recht. Vrignot ist manchmal sehr blöd. Fourier fährt fort.

– Sinclairs Offiziers- und Unteroffizierskameraden sind sämtlich im Kampf gestorben, in einem Hinterhalt.

– Willst du damit sagen, daß außer Sinclair keiner mehr den Tod dieser Djemila Assedine bezeugen kann?

– Sieht ganz so aus.

– Man weiß also nicht, wie sich Sinclair in dieser Angelegenheit genau verhalten hat?

– Er war sicher nicht am Tatort. Man kennt nur seine sehr spektakuläre Verurteilung der notwendigen Methoden des antiterroristischen Kampfes einige Wochen später in der Presse.

– Ich verstehe. Welche Schlußfolgerung?

– Ich stelle fest, daß da diese Frau in Sinclairs Umgebung ist, die am Anfang des uns interessierenden kleinen Lokalereignisses steht. Es ist bestimmt reiner Zufall, aber sie heißt Djemila.

– Ich verstehe immer besser. Was willst du tun?

Weiterstöbern. In der Nähe dieser Frau. Es konzentriert sich alles auf ihren Umkreis.

Abgemacht.

Soll der Köter Dampf machen, er wird dafür bezahlt. Aber immer schön daran denken, eine Zeitung ist ein Kollektivunternehmen mit einem

Chef. Und einziger Boß bei *Halte!* ist Vrignot.

Seine Dienstlaufbahn ist beglaubigt. In Algerien war er Unteroffizier.

■

Sie geht hinaus, biegt in die breite Allee ein. Sie liebt das Löwen-Standbild zur Rechten. Nach all den Jahren hat Djemila Paris immer noch nicht ganz verstanden. Lebendige Städte erregen, beunruhigen sie, machen sie glücklich.

Würde Sinclair Paris eine imaginäre Stadt nennen?

Ja, sicherlich.

Ein Mann spricht sie an, sagt guten Tag. Sie ist die verschiedensten Formen der Anmache gewohnt. Im allgemeinen geht es friedlich ab. Falls nicht, schlägt sie zu. Dieser hier ist nicht so ein Würstchen wie die anderen.

– Mademoiselle Djemila, nicht wahr?

Er ist vor ihr stehengeblieben, erheblich kleiner als sie, dicklich, ziemlich kahl, dunkelhäutig, mit einem blöde herabhängenden Schnauzbart. Der Blick hinter der runden Brille wirkt ausweichend. Das Jackett aus anthrazitfarbenem Leinen muß teuer gewesen sein. Es steht ihm nicht. Es gibt keine Kluft, die diesem Typen stehen würde. Djemila achtet mit Vorliebe auf solche Kleinigkeiten.

– Was wollen Sie?

– Reden wir ein bißchen. Über Monsieur Sinclair.

– Aus welchem Anlaß?

– Es gibt genügend Gründe, sich für eine dermaßen bekannte Persönlichkeit zu interessieren, vor allem zum jetzigen Zeitpunkt.

Plötzlich weiß Djemila, wer der kleine Mann ist.

Fourier. Da ist ein flottes Vorspiel Pflicht.

Sie ohrfeigt ihn mit aller Kraft.

Die paar Passanten, die sich nach ihnen umdrehen, nimmt sie überhaupt nicht zur Kenntnis. Fourier bückt sich, holt seine Brille aus dem Rinnstein, vergewissert sich, daß sie nicht zerbrochen ist, nur ein bißchen ramponiert. Unsicher, wie er sich verhalten soll, richtet er sich wieder auf, wendet ihr betreten den Rücken. Sie trompetet:

– Sie wollten mich sprechen, Monsieur Fourier?

Er dreht sich um, zögert. Er muß wieder an den jungen Warenhausdetektiv denken, der eines schönen Tages versucht hat, Hand an dieses Mädchen zu legen, und darüber gestorben ist. Ein Bild, das sofort verscheucht wird von dem Massarts, «ich verlasse mich auf Sie, mein Freund». Vereinzeltes Gelächter ringsum.

Sich zusammenreißen. Er ist der Köter.

– Ich könnte Ihnen möglicherweise sogar etwas zeigen.

Schön, trinken wir ein Glas, sagt Djemila fröhlich.

– Wo?

– Warum nicht hier?

Gleich an der Ecke des Platzes das *Saint-Clair*. Café, Teestube, Gaststätte. Nicht mal kitschig, die Dekoration.

Sinclair hat ihr erklärt, daß diese Kneipe früher einmal *Oriental* hieß. Lenin, Trotzki und einige andere russische Exilanten trafen sich hier, um die Revolution vorzubereiten. Djemila mag dieses Wort nicht: Revolution.

Sie treten ein. Es ist die Stunde der Omas mit ihrem ewigen Kleingebäck und dem Getratsche, der verbotenen Pärchen hinten im Saal. An ruhigen Tischen fehlt es nicht. Fourier unterdrückt den Wunsch, im Spiegel nach dem Zustand seiner Wange zu schielen. Sie ist rot, lächerlich, keine Katastrophe.

Er stellt das Wunderwerk von einem Kleinstrekorder an, den er stets betriebsbereit in seiner Jackentasche hat.

– Ich höre, sagt Djemila. Kommen Sie möglichst gleich zur Sache.

– Also gut. Seit einigen Tagen sind zwei junge Leute verschwunden. Ihre Spur verliert sich in diesem Viertel, nicht weit von hier, ganz in der Nähe der Wohnung Ihres Freundes Sinclair. Vielleicht sogar direkt bei ihm.

– Von wem haben Sie das?

– Ein Zeuge. Er war der Freund der beiden jungen Leute.

– Er war?

– Er ist danach gestorben. Ein Unfall. Sie wissen so gut wie ich, wie unverhofft Unfälle manchmal eintreten. Erlauben Sie, daß ich fortfahre. Es stellt sich nun die Frage, was diese beiden Typen, mehr oder weniger klägliche Wichte, in der Privatwohnung des hochberühmten François Sinclair zu suchen hatten, ja, wie sie sich überhaupt die Adresse beschaffen konnten.

– Die Antwort?

Da ein Kellner in Rufweite ist, bestellt sich Djemila einen Klaren, einen Birnenschnaps. Fourier, der sich trotz allem seit ein paar Minuten sehr viel besser fühlt, begnügt sich mit einem Bier.

– Vor einiger Zeit hat es einen Vorfall gegeben, einen ziemlich unbedeutenden, wenn man die Größe der Pariser Region bedenkt. Ein Ladendiebstahl. Auf frischer Tat ertappt, ist die junge Frau, die ihn begangen hat, entkommen, nachdem sie einen Hausdetektiv verwundet hat. Und ausgerechnet dieser Mann ist einer der beiden, deren Spur sich einen Katzensprung von hier verliert. Der Zusammenhang zwischen diesen beiden Fällen?

– Sie haben garantiert eine Antwort.

Das Kap ist umschifft. Von jetzt an fühlt sich Fourier rundum wohl. Die Frau zuckt nicht mit der Wimper, sie steckt ein. Ziemlich gekonnt, das stimmt, aber das Spiel bestimmt er. Der Augenblick ist also gekommen, einen Umschlag aus der Tasche zu ziehen. Er enthält einige Fotos.

– Sie werden die schlechte Qualität dieser Abzüge verzeihen, ich muß zugeben, daß ich mit dem Teleobjektiv nicht besonders gut umgehen kann. In Wirklichkeit sind Sie sehr viel schöner als auf diesen Bildern.

Er stellt fest, daß sie nicht den kleinsten Blick auf die Fotos wirft. Schade. Er hat sich ganz schön lange vor der Villa Hallé versteckt, um sie aufzunehmen. Er legt eine andere Gangart ein und fährt fort.

– Der Hausdetektiv hat die Nordafrikanerin beim Klauen überrascht. Dafür gibt es Zeugen. Ich habe einige von ihnen gefunden. Sie erkennen Sie nicht einwandfrei, finden aber doch eine gewisse Ähnlichkeit mit Ihnen.

– Was wollen Sie beweisen, Monsieur Fourier?

– Nennen Sie mich Köter wie jedermann.

– Ich bin nicht jedermann.

– Sie sind sogar eine äußerst interessante Person, jubiliert der Köter. Mit Ihrer lächerlichen Ohrfeige vorhin haben Sie mir bewiesen, daß Sie brutal reagieren können, wenn Sie sich in Gefahr wähnen.

– Ich bin nicht in Gefahr, unterbricht Djemila.

– Um so besser. Dann werden Sie ohne Schwierigkeiten ein paar einfache Fragen beantworten können. Zum Beispiel: Wie ist Ihr Familienname, Ihr Geburtsort? Wenn ich mutig wäre, würde ich mich sogar nach dem Namen Ihrer Mutter erkundigen.

– Worauf wollen Sie hinaus?

– Auf nichts. Ich arbeite mich langsam vor, ich schnüffle, ich wühle. So bin ich beispielsweise sicher, daß Ihre Papiere in Ordnung sind, daß sie egal welcher Routinekontrolle genügen würden. Aber hielten sie auch einer etwas intensiveren Überprüfung stand? Wissen Sie, wie ich auf den

Gedanken komme? Nein? Dieser Vorname, Djemila, unter dem einige Leute und die gesamte Umgebung von Sinclair Sie kennen...

– Ein äußerst gewöhnlicher Vorname.

– Gewiß, aber er riecht nicht gerade nach unseren Landen. Und Sie, Sie sind keine gewöhnliche Person. Und vielleicht wissen Sie, meiner Meinung nach ist das der Fall, daß Djemila der Name einer ausgestorbenen Stadt ist, nichts als Ruinen in einer Region im Constantinois, in der Sinclair im Krieg ziemlich beschäftigt war. Noch besser oder schlimmer ist, daß in dieser Region eine FLN-Terroristin unter immer noch ungenügend geklärten Umständen gestorben ist. Man hat auf Biegen und Brechen einen Märtyrertod daraus gemacht. Sie hieß Djemila Assedine. Zufälle zweifellos.

Es liegt an Djemilas Blick. Er ist nicht bedrohlich. Er geht über das Hindernis hinaus, er eliminiert. Der junge Bursche im Supermarkt hat es begriffen, zu spät.

Sie kann töten.

Die Gewißheit setzt sich schonungslos in Fouriers Kopf fest. Sie hat getötet. Nicht Sinclair, der arme Hund! Er hat lediglich vertuscht, auf sich genommen, danach. Aus Liebe, weil er erpreßt wird, aus irgendwelchen unklaren Gründen, vielleicht seine alte Schuld, das wird man sehen, aber eins steht fest: Diese Frau ist eine Killerin!

– Man liest in Ihrem Gesicht wie in einem offenen Buch, Monsieur Fourier.

– Was sehen Sie?

– Unter anderem, daß Sie krank sind vor Schiß. Was beweist, daß Sie nicht völlig verrückt sind.

Eine ausgefallene Person.

Der Köter macht das Tonband aus.

■

Für Brice ist Djemila ein Geheimnis. Ein dreifaches Rätsel.

Die Rebellin? Die Artikel, die er zum Zeitpunkt ihres Todes geschrieben hat, haben viel dazu beigetragen, ihm das Format des engagierten, aber faktengetreuen Kommentators zu verleihen, das ihm bis heute anhaftet. Sie waren in *Vérité pour* und auch im *Express* erschienen. Wenn er sie heute noch einmal liest, stellt sich dieses vage Gefühl wieder ein, daß Sinclair sicher nicht gelogen, aber ebensowenig die ganze Wahrheit gesagt hat.

Die Stadt? Brice ist ein paar Jahre vor den Ereignissen in Sétif gewesen, um mit bestimmten algerischen Behörden zu sprechen. Eine kurze Geschäftsreise. Er hatte daran gedacht, sich Zeit für einen Ausflug nach Djemila zu nehmen. Seine Gesprächspartner hatten ihn lebhaft dazu ermuntert. Eine bemerkenswerte Stätte. Ein allzu gedrängter Terminplan hatte ihn daran gehindert, seinen Plan zu verwirklichen.

Brice versteht nicht so recht, was Sinclair über diese Stadt erzählt, das poetische Delirium, das ihn überkommt, wenn er sie erwähnt. Überall auf der Welt gibt es andere faszinierende Ruinen. Für Sinclair liefern die von Djemila das Muster, stellen die Anlage einer Modellstadt vor. Eines absoluten Theaters.

Brice ist weder Tourist noch Dramaturg. Er ist auch kein Abenteurer. Er will den irrationalen Teil, den diese Frau Djemila in Sinclairs Leben darstellt, nicht durchwühlen. Nicht aus Diskretion, aus Unvermögen. Er kann bis zum Kern einer Revolution, eines Bürgerkrieges vorstoßen. Seine Liebschaften sind alltäglich. Er liebt Bücher, ansonsten ist Leidenschaft ihm fremd.

Von der *Tribune* abgesehen.

Und da ist er jetzt, allein in seinem luxuriösen Direktionszimmer. Ein geachteter Chef, dessen Gesinnung man schätzt und der sich aller Attribute einer gewissen Form von Macht erfreut. Vor ihm der letzte Stand der Untersuchung, die seine Journalisten geführt haben. Nichts oder fast nichts. Stoff, der einen Roman rechtfertigen würde, aber nichts, was als Grundstein für den kleinsten seriösen Artikel dienen könnte.

Es ist Zeit für die Redaktionskonferenz. Brice geht hinaus und begibt sich in den Versammlungssaal. Die Verantwortlichen aller Ressorts sind da, pünktlich, dazu ein paar seiner Journalisten. Diejenigen, die mit etwas heiklen Artikeln befaßt sind. Ein alter Hase, der Chef der «Politik», eröffnet die Debatte. Auf seine Weise und ran an den Feind.

– Es wäre vielleicht an der Zeit, Massart und seinen Handlangern in Sachen Sinclair das Maul zu stopfen. Wir vermitteln den Eindruck, als zögen wir den Kopf ein angesichts all dieser widerlichen Verdächtigungen. Als wären wir befangen.

Der Chef der allgemeinen Nachrichten krümmt sich ein bißchen.

– Was schlagen Sie vor?

Der vom politischen Bereich ist fast erstaunt über die Frage, die man ihm stellt.

– Kein Mensch glaubt hier, daß Sinclair zwei faschistische Halbstarke abgeknallt hat. Ergo führt Massart eine Verleumdungskampagne. Ergo müssen wir diese Kampagne beschreiben und anprangern. Sonst läßt man den Gedanken zu, man könne egal wen egal wessen beschuldigen.

Seiner Meinung nach muß Brice persönlich in einem handfesten Leitartikel darauf eingehen.

Beratung am Tisch. Die Meinungen stimmen überein: Feuer auf die *Bewegung*.

– Wir haben Nachforschungen über diese Sache angestellt, sagt Brice.

– Was?

Die Empörung ist auf bestürzende Weise aufrichtig. Auch nur einen Moment lang anzunehmen, Sinclair könne verdächtig sein, das übersteigt die Vorstellungskraft der Verantwortlichen bei der *Tribune*.

– Meine Herren, Sie überraschen mich. Selbst wenn es sich um einen sehr engen Freund handelt, ist kein Bürger a priori über jeden Verdacht erhaben.

– Und nun?

Der Chef der allgemeinen Nachrichten macht sich immer kleiner.

– Es gibt keinen Grund, Sinclair oder seine Freundin zu beschuldigen. Nicht den geringsten.

– Scheiße! sagt einer aus der Politik. Sie wollen mir doch wohl nicht erzählen, daß Massarts Schlammschlacht hier auch schon wirkt. Sinclair ein Killer? Das ist wirklich grotesk!

– Ich werde mir die Idee mit dem Leitartikel durch den Kopf gehen lassen, sagt Brice. Ich bin nicht sicher, ob es drängt. An die Arbeit!

Er kehrt in sein Büro zurück. Er ist nicht stolz auf seine Mannschaft. Nicht stolz auf sich selbst. Sein doppeltes Spiel ist ihm zuwider. Einziger Trost: Wenn seine beiden Journalisten nicht fündig geworden sind, ist es zweifelhaft, ob der Köter mehr Glück gehabt hat.

Zum ersten Mal seit ziemlich langer Zeit sagt sich Brice, daß er heute nacht ein paar Gläser zuviel und ein nettes Mädchen sehr gut gebrauchen könnte.

■

Am gleichen Abend speist Jonas mit Barth bei einem Chinesen in der Rue Mozart, schick von außen und das Essen absolut scheußlich. Etwas anderes hat der Bursche nicht anzubieten gewußt.

– Du wirst begreifen, daß du selbst gegenüber deinem Vater, der, wie du weißt, mein alter

Freund ist, größte Verschwiegenheit über unser Treffen wahren mußt.

– Sie machen sich Sorgen um ihn?

– Um ihn, um dich. Auch um Djemila. Ihr seid ein bißchen Teil meiner Familie.

– Sinclair hat nie besonders viel Familiensinn an den Tag gelegt, stellt Barth bitter fest.

– Wahrscheinlich wird dieser Ausdruck auf beiden Seiten etwas unterschiedlich interpretiert.

Als Jonas ihn vor einer Stunde angesprochen hat, hat Barth gezittert. Er hat nichts gegen diesen Typ, aber er gehört zu der Bande seines Alten. Barth will nicht mehr. Er wird nie mehr einen Fuß in die Villa Hallé setzen. Was sich abgespielt hat, ist entsetzlich. Er hat nicht mitreden dürfen. Wie üblich. Deshalb hat er Sinclair verlassen. Deshalb schließlich ist er neulich abend ein letztes Mal fortgegangen.

Sie haben ihn nicht aufhalten können.

Aber hat überhaupt einer daran gedacht?

– Ich bin Bulle, mein Junge, sagt Jonas. Ich will dir ein Geständnis machen. Ich habe in meinem Leben schon viele Typen festgenommen. Darunter ist keiner, kein einziger, hörst du, über den zu befinden ich fähig gewesen wäre.

– Und doch haben Sie Menschen getötet!

– Viele. Im Krieg. Das Problem ist, daß es außerordentlich schwierig ist, den Augenblick zu bestimmen, in dem der Krieg wirklich anfängt. Erst mit der Libération sind dein Vater und ich Helden geworden. Vorher waren wir nach den geltenden Gesetzen nur Verbrecher. Jetzt…

Für den Bullen ist der Krabben-Soja-Salat eine Zumutung, zeichnet sich der Côtes-de-Provence durch unendliche Fadheit aus.

– Was hat Sinclair Ihnen gesagt?

– Über den besagten Abend? Seine Wahrheit. Ich glaube, er hatte recht, so zu handeln, wie er es tat. Der Rest, die Gewissenskonflikte, das ist natürlich auch wichtig, aber höchst zweitrangig. Sagen wir, das ist eine Angelegenheit unter uns. Für die anderen ist nichts passiert. Nichts.

– Beschuldigt man ihn wirklich?

– Es gibt so etwas wie ein Gerücht. Seit dein Vater sich einmischt, hat es ihm nie an Feinden gefehlt. Aber es wird nie Beweise geben, nie. Es kann sie nur geben, wenn einer von uns gesteht. Und also gibt es sie nicht.

– Sie essen mit mir, um sich dessen zu vergewissern.

– Genau. Es gibt einen Mann namens Massart, kennst du ihn?

– Den Faschistenführer?

– Deine Definition ist pauschal, aber ziemlich treffend.

Seit Barth seinen Vater verlassen hat, will er nichts mehr hören über Politik, über irgendeinen entscheidenden Schlagabtausch mit diesem oder jenem Idioten. Er pfeift auf all das, es hat ihm schon die Kindheit versaut, er pfeift auf diesen Vater. Er ist nicht der Erbe irgendeiner vergangenen Schlacht, irgendeiner verdammten Erinnerung. Er setzt keine Linie fort.

Massart?

– Ein Politiker wie jeder andere, sagt Barth. Sie sind alle gleich.

– Alle?

– Alle.

– Nehmen wir mal an, sagt Jonas und hat Schwierigkeiten beim Schlucken (der Krebs mit grünem Pfeffer ist schlichtweg abscheulich), nehmen wir mal an, Massart will den Kopf deines Vaters. Als Beispiel, falls du verstehst, was ich sagen will. Du verstehst es nicht? Sehr einfach. Wenn es ihm gelingt zu beweisen, daß Sinclair diese beiden bedauernswerten Knaben auf ganz blöde Weise getötet hat, bringt er all jene in Verruf, die ihn, Massart, und das, was er darstellt, geschlossen bekämpfen, und zwar seit jeher. Ist dir das egal?

– Irgendwie ja, antwortet Barth spontan.

– Dann war's das wohl! sagt Jonas (er steht auf). Das Essen in diesem Laden ist gräßlich, das Gespräch mit dir gleich null, ich bin zu alt, um mich zu ärgern.

Er wirft einige Scheine auf den Tisch, den Preis für das Geschäft. Sein Hut, sein Überzieher... ein paar Meter weiter. Diesen jungen Idioten machen lassen. Jonas hat die wunderbare Leichtigkeit derjenigen, die viel riskieren und nichts mehr zu verlieren haben.

– Warten Sie!

– Warten, worauf? Was willst du mir erklären? Daß dein Leben schwer ist, daß es dir überall weh tut, daß die zwei Leichen schwer auf deinem kleinen Gewissen lasten?

– Ich werde nie etwas sagen, was gegen Sinclair spricht.

– Warum nicht?

– Weil er damit einen Grund mehr hätte, mich nicht ausstehen zu können. Und diesmal hätte er recht.

– Es gibt in Paris einen Mann, der dich sucht, einen sogenannten Journalisten. Für ihn bist du der Hauptzeuge. Früher oder später wird er dich zwangsläufig finden. Er ist ein Spitzel von Massart. Er heißt Fourier, sein Spitzname ist Köter.

– Ich wiederhole, daß ich nichts sagen werde.

– Der Köter hat Freunde. Bösartige Typen mit viel Erfahrung, sehr überzeugend. Soviel ich weiß, bist du kein Held.

– Scheiße! Was wollen Sie von mir?

– Ganz einfach, ich habe mich erkundigt. Du lungerst an der Uni herum, schwänzt drei von vier Vorlesungen. Du mußt erschöpft sein. Ich schlage dir also vor, aus dem Umkreis zu verschwinden, ein paar Wochen Ferien außerhalb von Paris zu machen, wo du willst. Mit einer Freundin, warum nicht? Da, nimm!

Ein Umschlag, nicht besonders dick. Zehntausend Francs.

– Das stellt mich vor ganz schöne Probleme.

– Das löst einige von ihnen, es ist ein Vorschuß. Du gehst weg, ohne eine Adresse zu hinterlassen, außer für mich. Abgemacht?

– Und was soll ich meiner Mutter sagen?

– Deiner Mutter? Zu komisch! Ich dachte, du bist volljährig.

Der alte Jonas lebt ebenfalls in einer sehr eigenen Welt.

■

Barth betrachtet das Modell auf dem Tisch. Ein schönes Schiff, der Flugzeugträger *Enterprise*. Er wäre noch schöner, wenn er nicht wie ein Ferkel die verschiedenen Teile angemalt hätte, die so naturgetreu aus Plastik nachgebildet sind, die kleinen Geschütztürme, die Flugzeuge, die Kanonen, die Radaranlagen. Sinclair hatte ihm den Kasten mit all den Teilen, die zu montieren waren, geschenkt. Ein schönes Geschenk, wenn auch überstürzt gekauft an einem Tag, als Sinclair sich *in extremis* an den Geburtstag seines Sohnes erinnert hatte. Eine Geduldsarbeit, die Sorgfalt erforderte und die Barth ein wenig verpfuscht hatte – breitgelaufene Klebstoffspuren hier und da. Nicht so wichtig, Barth hängt an diesem Spielzeug. Er hat darauf bestanden, es mitzunehmen, als er aus der Villa Hallé auszog. Barth trennt sich selten von Dingen, die ihm gehören. Er hebt die Schiffsbrücke an.

Ein nicht sehr raffiniertes Versteck, das gibt er zu, aber etwas Besseres hat er auf Anhieb nicht finden können. Darin steckt jetzt das Schriftstück.

Er weiß nicht so genau, warum er es geschrieben hat. Der exakte Bericht, auf der Maschine getippt (die alte Remington, die Brice ihm eines Tages überlassen hatte), über das, was sich in der Villa Hallé abgespielt hat. Die ganze Wahrheit.

Seine Wahrheit, die ihm keiner stehlen kann. Er mußte sie aufschreiben, damit das Ganze irgendwo hinterlegt war. Ein Geständnis.

Er würde ein anderes, ein sichereres Versteck brauchen.

Was soll er von Jonas' Worten halten? Der alte Idiot hat es immer geliebt, sich mit Geheimnissen zu umgeben, Dinge ins Rollen zu bringen. Außerdem geht er in diesem Augenblick tatsächlich einen Haufen Risiken ein. Normal, daß er sich absichern will.

Das Manuskript vernichten? Was es erzählt, ist dermaßen entsetzlich. Unmöglich.

Barth ist in Panik, fühlt, wie die Bestürzung ihn überfällt... und die Notwendigkeit zu reden. Er nimmt den Hörer ab. Camille ist zu Hause.

■

Bildschirm. Vorspann, jazzige Unterhaltungsmusik, von einem Saxophon getragen: «Freies Wort». Die Ausstattung erinnert ein wenig an die Bar des *Port Royal*, nur verqualmter. Die Kamera drängt sich mitten in die geladenen Gäste. Live.

Jeder bei sich zu Hause.

Bequem in seinen Sessel gekuschelt, denkt Jonas, daß Sinclair wirklich ein ausgemachter Dummkopf ist, weil er diesen Auftritt angenommen hat.

Der Köter stellt sein Tonband an.

In der Zentrale der *Bewegung* hat sich Massart mit seinen engsten Mitarbeitern umgeben.

Barth hält Camilles Hand.

Djemila fragt sich, wie Sinclair sich da wohl herausziehen will.

Er hat das Studio pünktlich betreten, mit großen Schritten, wie ein kurzsichtiger Weberknecht dauernd in Gefahr, sich am kleinsten Hindernis zu stoßen. Die Hostessen haben ihn in Empfang genommen. Als Produzent, Diskussionsleiter und Freund ist Lucas gekommen, ihm die Hand zu schütteln, bevor er geschminkt wird.

– In Form?

– Es wird schon klappen. Wer sind die Reaktionäre, die du aufgetrieben hast?

Lucas bewegt seine kleinen rundlichen Hände. Ein genießerisches Lächeln und ein leicht boshafter Blick durch die halbrunde Brille verraten seine Vorfreude.

– Die klassische Mischung: einen ehemaligen OAS-ler, einen Sekretär aus dem Fanclub des Marschalls[8], ein Groupie von Maurras[9].

– Und die andere Seite?

– Brice, ein 68er, der auf Kripo umgesattelt hat, ein Exstalinist, der in Dritte-Welt-Hilfe macht, und du, um im Dreck zu rühren, wie es sich gehört.

– Das ist alles?

Lucas klemmt seine alte Pfeife unter seinen ergrauenden Schnauzbart.

– In letzter Minute habe ich noch Vrignot eingeladen, den Chef von *Halte!*.

Sinclair ist der weniger fröhliche, fast verlegene Ton keineswegs entgangen.

– Ach! Warum?

– Um die Angriffe gegen dich und Brice auszubalancieren. Außerdem sieht es so aus, als habe er Enthüllungen zu machen – Lucas nimmt ihn beim Arm – Gehen wir, es ist Zeit, die Arena zu betreten.

Spots voll ins Gesicht. Sinclair sieht nicht gut. Das ist sein Problem in einem Fernsehstudio. Als Theaterschriftsteller beherrscht er das Ballett der Kameras und der zerstückelnden Bildeinstellungen nicht. Er ist nicht dazu gemacht, seinen Auftritt hinzulegen und gleichzeitig mit einem Auge zu verfolgen, was er auf den Kontrollbildschirmen abliefert. Bleibt der Reiz der Arbeit ohne Netz, noch verstärkt durch die Streitlust. Er setzt sich, verstaut mühsam die langen Beine unter einem Pseudo-Bistrotisch. Eine Hosteß geht von einem Gast zum andern, bietet Getränke an. Sinclairs Geschmack ist bekannt.

Der honigsüßen kleinen Einführungsrede von Lucas hört er nur mit halbem Ohr zu. Statt dessen macht er ausfindig, welcher Platz den einzelnen Beteiligten zugewiesen wurde. Seine Plazierung ist nicht die schlechteste, im Gegenteil. Außer bei einer Naheinstellung auf einen der Diskussionsteilnehmer würden die Kameras die meiste Zeit ihn in ihrem Blickfeld haben. Ein Alarmsignal. Mit seiner Platzzuteilung hat Lucas ihn zu seinem wichtigsten Gast gemacht. Und damit zur Zielscheibe.

Der Fascho von *Halte!* hält sich im Hintergrund auf. Außerhalb der Kontrollbildschirme,

Sinclair kann ihn nur sehen, wenn er sich verrenkt.

Lucas beendet seine weitschweifige Einführung.

– Deshalb also war ich es leid, als alter Idiot beschimpft zu werden, sobald ich mir erlaubte, an unsere jüngste Geschichte, an ein paar gar nicht so weit zurückliegende Auseinandersetzungen zu erinnern, und habe mir gesagt, man sollte vielleicht...

Attacke, und zwar sofort. Sinclair:

– Lieber Lucas, ich hatte schon 1947 vortreffliche Freunde, die mich liebenswürdigerweise als alten Idioten beschimpften, wenn ich ihnen vom Maquis erzählte. Da sie kaum ein oder zwei Jahre jünger waren als ich, war das nur zu gut verständlich. In seinen besten Jahren einen geschichtlichen Umbruch erfassen oder nicht erfassen zu können, das ist eine Chance, bei der es um wenige Monate geht. So wird man schnell alt.

– Und danach?

– Danach, werter Herr, kümmert man sich um seine Geschäfte. Die meiste Zeit jedenfalls.

Einmal mehr beobachtet Djemila ihn aufmerksam. In physischer Hinsicht hat Sinclair seinen Nachbarn zur Linken, der nicht mehr weiß, wie er sich benehmen soll, bereits geschlagen. Die tiefe, leicht singende Baßstimme, die er präzise einzusetzen versteht, wenn er ein Mikro am Revers hat. Die ausholenden, übertriebenen Gesten, dem Medium Fernsehen angepaßt, er überzieht absichtlich. Sie kann ihm nicht verzeihen, daß er so stark, so bewußt verführt.

– Es gehörte also zu Ihren Geschäften, als Sie die französische Armee in Algerien kritisiert haben?

Der kurzsichtige Sinclair kann den ehemaligen OAS-ler kaum ausmachen, es ist ihm egal.

– Ich habe nie, wie Sie sagen, die französische Armee kritisiert. Ich habe diejenigen angeprangert, ich bestehe auf diesem Ausdruck, die verlangten, daß man zu den gleichen Methoden wie die Nazis und die Milizsoldaten während des Krieges greifen sollte (er macht eine herablassende Handbewegung in Richtung des Dummkopfs)... das war, wenn Sie so wollen, eine Art, meine Biographie zu führen.

– Ihr Hochmut Frankreich gegenüber?

– Ich habe die Liebe zu meinem Land bei einigen unverschämten und aufsässigen alten Idioten erworben, lästigen Gesellen ohne Vaterland und ohne Grenzen. Und indem ich gegen ein paar ausgesprochen nationalistische Dreckskerle gekämpft habe.

Barth kann nicht anders, er ist wie vor dem Fernseher festgenagelt. Er hat bezahlt, um all die alten Tricks, die Zauberkunststückchen aus dem Ärmel kennenzulernen. Und Sinclairs Überzeugungen, die noch gefährlicher sind. Camille mault. Sie will die haßerfüllte Faszination nicht verstehen, der Barth seinem Vater gegenüber erliegt.

In der Villa Hallé lacht Djemila frei heraus.

Lucas macht seine Arbeit, ein geschickter Gaukler. Die Finger, die aufzeigen wie in der Schule, die Zwischenrufe, das Gestottere und die kleinen gemeinen Sätze, er ist in seinem Element, ein vollendeter Maestro. Brice ist wieder einmal umwerfend gut in der Rolle des unglücklichen Gewissens. Der Maurras-Anhänger, panisch vor Lampenfieber, bringt keine zwei Worte zustande. Großaufnahme. Der Pétain-Freund verirrt sich in Richtung Rethondes[10], stammelt Dummheiten über Brasillach[11]. Der Veteran von der Rue Gay-Lussac (10. Mai)[12] läßt sich lang und breit über egal was aus, wie in den guten alten Zeiten der Vollversammlungen. Was Sinclair in einem Maße wütend macht, daß er den reuigen Barrikadenbauer unterbricht.

– Werter Ex-Kamerad, alt, jung, nett, bösartig, dreckig, klein, dick, traurig, ich weiß nicht was... Aber Sie sind unendlich blöde.

Obwohl er sitzt, schwankt der Barrikadenbauer (zum großen Bedauern seiner Eltern, rechtschaffenen Senffabrikanten aus Dijon, die sich in Erwartung der Leistung ihres verlorenen Sohnes vor dem Fernseher postiert haben).

Im Studio hat Lucas den anderen, den Joker, fest im Auge, den Mann von *Halte!*, Vrignot, der seit längerem hin und her läuft.

Zu Hause verbeißt sich der Köter seinen Ärger.

Massart macht sich ein paar Notizen für die Presseerklärung, die er in wenigen Minuten an AFP durchgeben wird, komme was da wolle. «Freies Wort»? Die Schande des Fernsehens.

Ohne den Bildschirm aus den Augen zu lassen, montiert und demontiert Jonas seine Magnum 357. Eine Übung, die ihm gefällt.

Lucas genießt die Situation, der kleine Wink einer Hosteß hat ihm signalisiert: Der Standard ist ausgereizt. An ihm, das Spiel zu wenden, die Einsätze zu erhöhen. Dem Fascho das Wort. Zoom nach vorn.

Vrignot räuspert sich. Er hat ums Wort gebeten, er war nicht darauf gefaßt, es zu erhalten. Seine Stirnglatze verträgt das Scheinwerferlicht nicht gut, seine Bewegungen sind ein wenig zittrig.

– ...ich bin kein Stammgast bei Wortgefechten.

Lucas (kreisende Handbewegung): In dieser Sendung ist das Wort frei.

Vrignot: Ich gestehe, daß ich seit Beginn ein gewisses Unbehagen verspüre.

Sinclair: Niemand hat Sie gezwungen herzukommen.

Vrignot (er wagt es): Wir haben allesamt von diesem oder jenem gesprochen, von der Vergangenheit, von widersprüchlichen Verpflichtungen...

Lucas: Die immer noch aktuell sind, uns aber als Idioten dastehen lassen, Marsmenschen sozusagen. Und doch...

Vrignot (er erkühnt sich): Unterbrechen Sie mich nicht. Das ist nicht ganz das, was ich sagen will... Ich leite eine Zeitung, mehrere meiner journalistischen Mitarbeiter stellen Nachforschungen an. Daher...

Lucas: Wir hören Ihnen zu.

Vrignot: Es ist mir etwas peinlich, mich hier in diesem Studio in der Gegenwart eines angeblich ehrenwerten Mannes zu befinden - seinen Namen will ich im Augenblick verschweigen -, der nach mir vorliegenden Auskünften sehr wahrscheinlich in den nächsten Monaten vor dem Schwurgericht landen wird.

Lucas (mehr und mehr zufrieden mit dem Verlauf der Dinge): Einer unserer hier anwesenden Gäste vor dem Schwurgericht? Wegen welchen Verbrechens?

Vrignot: Ermordung von zwei jungen nationalistischen Aktivisten.

Das hat gesessen.

Schweigen im Studio. Großaufnahme von Vrignot, die winzigste seiner Falten, sein zögernder Blick, das Zittern seiner Unterlippe. Und welche Mühe er hat, an seiner Gitane maïs zu ziehen.

– Vollidiot, sagen Fourier und Massart, jeder für sich und unabgestimmt.

– Wir gehen zu Bett, sagt Camille. Sie langweilen mich mit ihrem Theater.

Sie schaltet ungefragt den Fernseher ab. Nacht im Zimmer an der Rue du Ranelagh. Barth gibt nach.

Lucas setzt die Miene auf, die er für die Abende der großen Debatten bereithält, wenn das kleinste Wort das Chaos auslösen kann. Protestgeschrei. Die routinierten Hostessen sorgen für das Nachfüllen der Getränke.

– Was dieser Herr da sagt, ist unerträglich! empört sich Brice.

– Sie haben soeben eine außerordentlich schwerwiegende Beschuldigung vorgebracht!

– Ich erhalte sie aufrecht, beteuert Vrignot lautstark. Einer der Moralprediger, die wir gerade gehört haben, ist ein Mörder.

Sinclair hat keine Wahl.

Um wirklich vollen Nachdruck zu erzielen, ist eine schnelle, unerwartete Reaktion notwendig. Keine Rede davon, sich umzudrehen, den Fascho zu mustern, kurz, ihm Zeit zu geben, daß er sich faßt. Er spürt seinen Atem im Nacken.

– Ich gebe Monsieur Vrignot fünf Sekunden, damit er seine diffamierenden Worte zurücknimmt und sich auf der Stelle bei den Gästen dieser Diskussionsrunde entschuldigt, sagt Sinclair sehr ruhig. Ich warte. Sie sagen nichts? Wirklich nichts? Also gut!

Schnell aufstehen, sich halb umdrehen und den um sich schlagenden Mann packen, das reicht. Sinclair läßt ihn nicht los, nimmt ihn beim Kragen, von Angesicht zu Angesicht. Die Kamera fährt heran.

– Wen beschuldigen Sie?

– …

– Antworten Sie!

– Sie nutzen Ihre Kraft aus.

– Eher wohl Ihre Feigheit! Wen?

Die Kamera jetzt noch näher an Vrignots Gesicht, entsetzter Blick. Auf dem Bildschirm sieht man vor allem, daß Sinclair ihn an der Krawatte hält wie an einem Halfter, ohne ihn wirklich zu bedrohen, zum Lachen fast. Lucas fühlt sich nicht mehr sehr wohl. Sinclair ohrfeigt den Journalisten, als wolle er ihn wieder zu Bewußtsein bringen.

– Entweder Sie beweisen oder Sie diffamieren. Können Sie beweisen? Wenigstens ein ganz kleines bißchen? Nein?

Neue Ohrfeige, noch komischer. Das Ganze wird zur Farce. Vrignot wehrt sich.

– Lassen Sie mich.

– Ich lasse Sie nicht, ich werfe Sie hinaus!

Lucas entscheidet sich endlich:

– Meine Herren, meine Herren…!

Sinclair läßt augenblicklich los, und Vrignot schleicht sich davon, verliert sich im Schatten des Studios hinter den Scheinwerfern. Die Beschimpfungen und Pfiffe, die seine Flucht begleiten, kommen von den Technikern und sind gut auf dem Kanal zu hören. Der Vichy-Anhänger erhebt sich, sagt feierlich:

– Ich kann keine Sekunde länger dulden, daß…

– Sie haben Ihr Leben damit verbracht, das Unduldbare zu dulden, wettert Sinclair. Setzen Sie sich also, das können Sie ohnehin am besten.

Sinclair geht ebenfalls an seinen Platz zurück, befestigt gelassen das Mikro wieder am Revers. Vor ihm ein Glas Wodka. Auf dem Bildschirm kann es als Leitungswasser durchgehen. Lucas versucht, die Mißverständnisse zu bereinigen oder wenigstens so zu tun, das ist sein Beruf.

Massart hört kaum zu, so sehr schwankt er zwischen Gelächter und Zorn. Er kommentiert:

– Vrignot ist ein Idiot, das steht fest. Aber ihm ist es zu verdanken, daß wir alle etwas Nützliches gelernt haben: Sinclair versteht sich darauf, ein Verhör rücksichtslos zu führen.

In der Villa Hallé sucht Djemila ein paar Sachen zusammen und wirft sie hastig in eine Reisetasche.

Fourier macht sich erste Notizen für den nächsten Bericht an Massart: Vrignot ausschalten, ihm jede Leitungsaufgabe in der Zeitung entziehen, weil sein unverantwortliches Verhalten die *Bewegung* in Verruf bringt etc.

Fern von allem streichelt Barth die so weichen Brüste von Camille. Er hat Zaster. Sie werden sich amüsieren können. Wo sie will, wie sie will. Er schnurrt zufrieden, ohne zu merken, daß das junge Mädchen an andere Dinge denkt.

Im Studio geht das Schauspiel weiter.

■

Hatte in Massarts Kopf noch Unklarheit über diesen Fall geherrscht, so paßt jetzt alles tadellos zusammen. Nach Vrignots unglückseligerweise perfektem Auftritt braucht er, Massart, nur noch durchzugreifen.

■

Es sieht aus, als hätte er einen Kater. Vrignot taumelt beinahe. Er hat den Taxifahrer gebeten, ihn früher als vorgesehen abzusetzen, um ein wenig durchzuatmen, ein paar Schritte zu gehen. Blitzlichtartig spukt die Sendung in seinem Kopf. Welcher Teufel hat ihn geritten? In welches Wespennest hat er sich da gesetzt?

Die Rue de Bretagne ist fast ausgestorben. Kein einziges Lokal ist noch geöffnet, nicht mal für ein letztes Gläschen.

Massart, der nächste Tag, die hauseigene Standpauke... Bestimmt noch heute nacht, per Telefon. Vrignot wird nicht abnehmen. Außerdem steht das Gekläffe des Köters bevor. Das ist weniger schlimm, weil der sowieso nicht mitzureden hat. Der Boß, das ist er, Vrignot, seit dreißig Jahren der Sache ergeben. Er führt die Geschäfte, und er nimmt die Informationen entgegen, die von den Journalisten, den Untergebenen, gesammelt werden. Und der Köter ist ein Untergebener!

Vrignot hat einen Bock geschossen, er hat sich lächerlich gemacht. Also hat er die *Bewegung* lächerlich gemacht und damit Massart.

Er pinkelt zwischen die Gitter des Square du Temple. Ohne irgendeinen Zusammenhang mit den Ereignissen des Abends kommt ihm dieser Artikel in den Sinn, den er ganz am Anfang seiner Laufbahn in der *Action française* über die Mißgeschicke des kleinen Louis XVII. geschrieben hat.

Das läßt sich wieder einrenken. Es genügt, den Köter ins Spiel zu bringen, ihn neu zu motivieren. Daß er sich beeilt, daß er diese verdammten Beweise findet. Dann können sie Massart Sinclairs Kopf auf einem Tablett servieren. Dann sind es die Brices, die Lucas' und sämtliche Komplizen dieser Schweinebande, die hochgehen.

Als Vrignot die Rue de Turenne erreicht, ist er überzeugt, daß es am nächsten Tag bei der Zeitung schwierig wird. Man wird ihn auslachen. Es stimmt, er hat sich nicht mit Ruhm bekleckert. Wie hätte er das anstellen sollen bei einem Studio, das geschlossen hinter Sinclair stand? Sie steckten alle unter einer Decke mit ihm. Die Buhrufe, die seine Flucht begleitet haben, hallen immer noch in seinem Kopf nach.

Die frische Luft tut ihm wirklich gut. Vorhin war ihm fast übel gewesen. Jetzt geht es besser. Schon fallen ihm die Grundzüge eines racheerfüllten Leitartikels für die nächste Ausgabe des *Halte!* ein. Die Verschwörung! Genau das ist es, was er anprangern wird. Dieser Lucas, ehemals Lukacs, ein eingewanderter Jude. Sinclair und sein Flittchen. Brice, der falsche Hund, und seine *Tribune* mit lauter marxistischen Itzigs. Er wird ihnen einheizen, wird es ihnen zeigen.

Massart wird ihn decken. Die *Bewegung* braucht ihn, braucht *Halte!*. Ein Artikel, der Geschichte machen wird. Ein Motorrad überholt ihn, verlangsamt, hält ungefähr dreißig Meter weiter. Ein ruhiges Viertel zu dieser Stunde.

Ein Artikel, ätzend wie Schwefelsäure, ganz nach seinem Geschmack. Er nimmt im Kopf die Gliederung vor. Noch in dieser Nacht wird er den ersten Entwurf schreiben.

Zwei Typen steigen von der Maschine. Der Motor knattert. Sie senken ihre Helmvisiere.

Vrignot ist jetzt auf ihrer Höhe. Sie holen die dicken Eisenstangen heraus. Es geht nicht darum, ihn zu töten. Zuerst wird ihm ein Knie zerschlagen, dann sind die Schienbeine dran. Der Kerl schreit wie erwartet. Da er Journalist ist, ein Trottel, der einen Füller oder eine Schreibmaschine benutzt, ist es angemessen, ihm auch die Fingerknöchel zu zerschmettern. Das geht ganz leicht, ein paar Tritte mit den Stiefelabsätzen. Das Ganze dauert nicht länger als eine Minute. Der erste alarmierte Anwohner ist noch dabei, die Nummer der Polizei zu wählen, da sind die Motorradfahrer schon weit weg. Vrignot ist starr vor Schmerz, schreit nicht, rührt sich nicht mehr. Er möchte schnell sterben, um nicht verrückt zu werden. Eine sinnlose Hoffnung.

■

Sinclairs Sinn fürs Theater ist zu stark ausgeprägt, als daß er diese Momente nicht zu schätzen wüßte, in denen die Geschichte nach einer Zeit des gemächlichen Schlendrians sich plötzlich verdichtet und hochbrisant wird.

■

Wie Sinclair hat Jonas die Nachrichten im Radio gehört. Das Attentat auf Vrignot. Die Erklärung von Massart. «Das sind die Tatsachen. Eine Stunde, nachdem er François Sinclair in der irreführend ‹Freies Wort› genannten Sendung in

Zweifel gezogen hat, ist unser Freund Jean Vrignot auf bestialische Weise überfallen worden. Wem nützt das Verbrechen wenn nicht jenen, die die Tatsachen fürchten, die dieser mutige Journalist enthüllen wollte?»

– Sieh mal an.

Wieder einmal übt sich Jonas darin, mit geschlossenen Augen seine Magnum zu montieren-demontieren. Erst danach telefoniert er mit dem Arzt.

■

Das Büro der Chefredaktion hat Fourier nie gefallen, er nimmt sich fest vor, es in kürzester Frist ganz und gar neu einzurichten. Auf daß Vrignot nur noch eine Erinnerung sei! Ein braver Märtyrer der Sache, lebenslänglich behindert, ein halber Idiot geworden. Besonders schlau war er ohnehin nie.

Massart hat all seinen Einfluß im Verwaltungsrat von *Halte!* geltend gemacht, damit Fourier zum Redaktionschef ernannt wurde.

– Der Köter? hatten sie sich gewundert.

– Der Köter, ja. Ihr werdet sehen, er wird uns die besten Dienste erweisen.

Sie können sich auf ihn verlassen.

Man einigt sich, ihn anzuerkennen, die Ausgabe «Killeralarm», in Eile zusammengestellt, wird ein Erfolg. Leitartikel vom Köter, gräßliche Fotos von Vrignot in der Rue de Turenne und auf seinem Krankenbett in der Pitié, Protokoll der provozierenden Sendung Lucas/Lukacs, Dossier über den Fall Sinclair, reich an hinterhältigen Fragezeichen. Leitmotiv des Ganzen: Sind die Männer, die unseren Freund Vrignot überfallen haben, identisch mit denen, die die beiden Aktivisten der *Bewegung* verschwinden ließen? Variante: Ist ein Kommando aufgestellt worden, das als störend empfundene Journalisten oder nationalistische Aktivisten beseitigen soll?

Massarts Antwort im Kasten: «Die großen Prediger der Linken haben oft die Aktionen sogenannter Todeskommandos in angeblichen Diktaturen Lateinamerikas angeprangert. Ich dagegen stelle fest, daß Kommandos dieser Art gegenwärtig in Paris agieren und daß ihre Zielscheibe die *Nationale Erneuerungsbewegung* ist. Damit jeder es weiß, wir lassen uns von keiner Mörderbande einschüchtern. Damit sich jeder klar macht: Wir werden die Killer und all ihre Handlanger entlarven.»

Am nächsten Tag an den Kiosken Rekordverkaufsziffern von *Halte!*. Der Köter läßt sich nicht täuschen. Die Nummer ist ein Kinderspiel gewesen. Bleiben zwei drängende Probleme. Die Prügel für Vrignot gestatten keinen Zweifel mehr: Sinclair und seine Freunde sind von nun an entschlossen, zum letzten Mittel zu greifen, sobald sie sich bedroht fühlen. Aber was hat diesen plötzlichen Umstieg auf Gewalt bewirkt? Der Köter kann sich einfach nicht vorstellen, daß man ernsthaft das Kriegsbeil ausgraben kann, bloß weil eine Djemila sich auf frischer Tat hatte ertappen lassen. Hinter dieser Frau verbirgt sich der wahre Beweggrund. Der so schnell wie möglich gefunden und bewiesen werden muß. In der Öffentlichkeit. Denn es gibt eine Wahrheit, die sonnenklar zu Tage liegt: Nach den beiden Halbstarken und Vrignot kann das nächste Opfer von Sinclair und seinen Killern nur er sein, er, Fourier.

■

Barth schüttelt sich. Er liebt den Blick auf das Forum.

Camille hat recht. Die Idee mit der Reise war dumm. Es ist so viel angenehmer, dieses Zimmer im Novitel mitten in Paris zu haben. Das wiegt jeden Ortswechsel auf. Außerdem ist es praktischer in Bezug auf die Angehörigen.

Nackt und rosig macht Camille es sich in den Falten des Bettuchs bequem. Ein Körper, der Barth aus der Fassung bringt. Sehr blaue Augen, deren Härte zu ermessen ihm nicht in den Sinn gekommen ist.

– Kannst du dir vorstellen, wie ich zu ihnen sage: Ich verreise für ein paar Wochen mit meinem Freund nach Belle-Isle?

– Meinem Geliebten.

– Ich sage: mein Freund, sonst nichts, beharrt Camille. Ich lüge nie. Merk dir das. Den Flirt mit dem Sohn von François Sinclair findet meine Mutter eher schick. Sie hatte einen Sozialisten als Liebhaber gehabt, bevor sie Papa kennengelernt hat. Oder ein bißchen danach. Du hast mir immer noch nicht gesagt, woher dieser Zaster kommt.

– ...Der Alte war mit den Alimenten im Rückstand. Es paßt ihm nicht, aber er ist immer noch gezwungen zu blechen. Das muß man doch ausnutzen.

– Ich weiß nicht, sagt sie nachdenklich. Ist er wirklich ein Mörder?

Barth antwortet, daß er darüber nicht reden will. Er versucht, das etwas gequälte Gesicht eines Mannes aufzusetzen, der jede Menge weiß, aber nichts sagen darf, nicht einmal zu ihr.

Aber es stimmt, daß er über diese Geschichte weder sprechen noch auch nur daran denken will. Die anderen haben recht, Sinclair, sein Kumpel bei den Bullen: In der Villa Hallé hat sich nichts abgespielt. Am Ende wird er noch selbst davon überzeugt sein – und einen Trick finden, um dem Bullen, der meint, ihm Befehle geben zu können, weiszumachen, daß er Paris tatsächlich verlassen hat.

■

Jonas sieht seine Erwartungen endgültig bestätigt, als er Fourier in der Rue du Ranelagh entdeckt. Der Journalist geht zu Barths Wohnung, kommt ein paar Minuten später mit verstimmtem Gesicht wieder aus dem Haus. Danebengegangen.

Ein guter Schachzug, daß er den Jungen weggeschickt hat. Trotzdem, Jonas wird erst vollständig beruhigt sein, wenn Barth ihn aus seinem Schlupfwinkel angerufen hat.

Wenn man wartet, hat das Leben manchmal seine komischen Seiten. Es ist Zeit für das Treffen mit dem ehemaligen Minister Sach.

Nicht unbedingt ein Freund, Paul Sach, eine Generationenfrage. Auch nicht nur der Sohn eines alten Gefährten, der vor langer Zeit an den Folgen seines Aufenthaltes in Belsen gestorben ist. Ein guter Typ. Weit anständiger und ehrlicher als man von einem Mann erhoffen könnte, der Innenminister gewesen ist, und sei es auch nur für einen Tag. Sach hat zu seiner Zeit an der Place Beauvau gute Arbeit geleistet.

Sie treffen sich in einer Bar an der Place du Trocadéro, im Hinterzimmer, an eben jenem Tisch, an dem Jonas vor vielen Jahren des öfteren Vilar, Gérard Philipe, Maria Casarès und viele andere gesehen hat. Gelegentlich war auch Sinclair dabei.

– An diesem Tisch? sagt der Exminister interessiert.

– Genau an diesem, ich bin sicher. Aber wir sind nicht hier, um übers Theater zu reden.

– Leider nicht.

Sach, buschige Brauen, abgehackte Sprechweise, spult seine vorhersehbare Leier ab. Das «Freie Wort» von Lucas hat viel Lärm gemacht, man stellt sich Fragen im Parteivorstand. Die Sondernummer von *Halte!* läßt auf weitere Enthüllungen schließen.

– Obwohl Sinclair nicht Mitglied der Partei ist, steht er uns bekanntermaßen sehr nahe. Ein Skandal um ihn würde auf uns abfärben. Massart handelt wie ein Mann, der über Munition verfügt. Wie schätzen Sie den Fall ein?

– Sie wollen sagen: Ob ich glaube, daß Sinclair ein Mörder ist?

– Zum Beispiel.

– Meine Antwort lautet nein.

– Berücksichtigt sie, daß Sinclair einer Ihrer besten Freunde ist?

– Selbstverständlich.

– Wie sind die Reaktionen bei den Dienststellen?

– Es dürfte Ihnen bekannt sein, Herr Minister, sagt Jonas breit lächelnd, daß seit Ihrem Ausscheiden eine Art... Umorientierung auf den verschiedenen Ebenen stattgefunden hat. Taktvoll, begleitet von sehr überzeugenden Dienstanweisungen, Schwerpunkt Arbeitsrationalisierung, außerdem ehrenamtliche Versetzungen und hochtrabende Ernennungen wegen erwiesener Dienste.

– Kurz, Sie sind auf einem Abstellgleis.

– Ich habe den Titel nicht mehr im Kopf, aber ich glaube, ich bilde ganz für mich allein eine Kommission, deren Auftrag es ist, sich über eine Studie Gedanken zu machen, die Anlaß geben soll für einen Bericht über die Schulung von Personal, das mit der Verfolgung des Großgangstertums konfrontiert ist...

– Wenn es sich nicht gar um den Kampf gegen

die Verteilung von Pornozeitschriften an Schulausgängen handelt!

– Sie haben verstanden. Die Wahrheit ist, daß ich zu keiner einzigen wichtigen Akte mehr Zugang habe. Eine Art gemütlicher Vorruhestand. Fahren wir fort. Womit kann ich Ihnen nützlich sein?

– Sie wissen, wie gravierend das Problem sich stellt.

Sinclair, Zielscheibe einer umfassenden Kampagne der extremen Rechten. Dazu allgemeine Wahlen in weniger als fünf Monaten und ein Massart, der in den Umfragen bei 20 % liegt. Geben Sie eine Meldung heraus, die daran erinnert, daß er nicht Mitglied der Partei ist.

– Werden Sie nicht ironisch, sagt Sach ernsthaft irritiert. Wir alle hegen die größte Hochachtung für Sinclair. Die Frage ist: Können wir eine Gegenkampagne gegen Massart führen ohne die Gefahr, in ein paar Wochen als die Gelackmeierten dazustehen?

– In den Jahren 56, 57 und sogar danach noch haben sich zahlreiche Aktivisten auf sämtliche Gefahren hin engagiert und waren die Gelackmeierten, und zwar durch die Führung der Partei, der sie angehörten. Es war Ihre Partei.

– Keine Demagogie, Jonas. Ich war keine zwanzig Jahre alt, und Sie wissen, was ich über diese Epoche denke!

– Ich bin kein großer Politiker, Herr Minister, ich bin ein Mann des Geländes. Sie wollen meine Meinung hören, also sage ich sie Ihnen. Man muß vorbehaltlos auf Sinclairs Seite sein. Aber ich erinnere Sie: Auch wenn Sinclair nicht schuldig ist, sage ich nicht, er ist unschuldig.

– Das ist ziemlich spitzfindig.

– Bei allem Respekt, Herr Minister, wie viele Schönheitsfehler, wie viele kleine Staatsgeheimnisse haben Sie während Ihrer Amtszeit gegenüber Fragen von Journalisten und sogar Genossen Ihrer Partei zurechtfrisiert? Sie wissen sehr gut, daß der Schritt von der Führung eines Geschäftes zur ausgehandelten Vertuschung eines Skandals nur winzig ist. Die Klugheit eines wahren Politikers erkennt man an seiner Abneigung gegen skandalöse Affären, gepaart mit seiner Fähigkeit, sich ihrer zu bedienen.

– Ich verstehe… sagt Sach nachdenklich. Eine Frage noch…

– Nicht nötig, hier die Antwort. Keiner kann jemals beweisen, beweisen, verstehen Sie mich richtig, daß François Sinclair an einem gewissen Abend zwei Aktivisten der *Bewegung* getötet hat. Dafür bürge ich. In diesem Punkt können Sie und die Partei absolut beruhigt sein. Und ebensowenig war er es, der das Attentat auf Vrignot in Auftrag gegeben hat.

– Ich verstehe immer besser. Ein letztes Wort.

– Auch da kann ich Ihnen zuvorkommen. Keiner kennt genau die Rolle, die diese junge Frau, Djemila, bei Sinclair spielt. Keiner. Und ebensowenig kann irgend jemand sagen, wohin sie ihn eines Tages führen könnte.

– Sie kennen sie?

– Gut genug, um zu wissen, daß Sinclair mit ihr eine furchtbare Chance hat.

– Die Art von Chance, die einen Mann zerstört?

– So kann man die Dinge sehen. Was gibt es sonst?

– Nichts, Jonas, nichts, sagt Sach und erhebt sich. Ohne Sinclair näher zu kennen, bin ich ihm sehr verbunden, ein bemerkenswerter Mensch. Zögern Sie nicht, mir Bescheid zu geben, wenn Sie weitere Informationen haben.

– Verlassen Sie sich auf mich.

Die Place du Trocadéro ist sonnenüberflutet. Links das wuchtige Palais de Chaillot. Das alte Théâtre National Populaire. Die Esplanade des Droits-de-l'Homme. Es gibt Ecken in Paris, die Jonas besser nicht besuchen sollte, es bekommt ihm nicht. Sach schüttelt ihm die Hand. Man sieht ihm an, daß er gern herzlicher wäre, ohne diesen geschraubten Stets-zu-Diensten-Stil. Aus der strengen Zucht der unumgänglichen Elitehochschule hervorgegangen, hat er es nicht anders gelernt.

– Glauben Sie nicht, ich unterließe es, Sie zu fragen, wie es um Ihre Gesundheit steht.

– Das ist sehr liebenswürdig von Ihnen, Herr Minister. Ich kann Ihnen versichern, daß es meinem Krebs nach den letzten bekannten Untersuchungen sehr gut geht.

■

Es ist nur Rinderblut. Ein großer Spritzer, der an Sinclairs Haustür herunterläuft. Die Polizei hat ihn benachrichtigt. Er hat nichts gehört. Djemila auch nicht. Sie hatten geschlafen.

Das erinnert ihn an den Algerienkrieg, als er gegen Ende fast jeden Morgen mit Kreide geschriebene Drohungen an den Mauern fand, wenn er das Haus verließ. Von den versuchten oder gelungenen Sprengstoffanschlägen ganz zu schweigen.

– Es gibt Leute, die mögen Sie nicht, könnte man meinen.

– Könnte man meinen, ja.

– Pah! Jeder hat seine Gründe.

– Wie bitte?

– Nichts, Monsieur Sinclair, sagt der Polizist. Nichts. Ich wünsche Ihnen einen schönen Tag.

■

Daß der Köter eines seiner Fotos von Djemila veröffentlicht, ist unmöglich. Prozeß garantiert. Gewinnbar, aber das nähme Zeit in Anspruch. Er muß stärker und schneller zuschlagen. Das geht leicht. Es genügt, die Runde bei den Zeugen aus dem Supermarkt zu machen und mit ihrer Hilfe ein Phantombild anzufertigen. Einige erinnern sich nicht mehr so richtig, es ist alles so schnell gegangen. Aber ihr Gedächtnis wird wiederbelebt durch die Skizze, die Fourier ihnen vorlegt. Eine junge dunkelhaarige Frau, unbestreitbar maghrebinischen Typs, auf ihre Weise eher hübsch, hohe Stirn, sehr dunkle Augen (der Köter schlägt vor, sie «wild» zu nennen), der Mund fleischig und zugleich verzerrt («verächtlich?» – «Ja, die Bezeichnung könnte passen.»).

Alle Welt hat sie gesehen, diese Djemila. Dutzende und Aberdutzende von Leuten, sämtlich anonym, die sich erinnern. Die endgültige Zeichnung ist leicht zu erstellen. Man braucht nur eins der Negative, die der Köter gemacht hat, zu kopieren. An guten Zeichnern mangelt es nicht bei der Zeitung.

In den Archiven des *Halte!* gibt es wenig neuere Fotos von Sinclair. Seit einiger Zeit hat er nicht mehr so stark in der Schußlinie gestanden. Nur auf einem der Bilder ist er zusammen mit Djemila zu sehen. Ein Premierenabend anläßlich eines seiner Stücke. Das Gesicht der jungen Frau ist ziemlich verschwommen, aber man kann sie erkennen. Und man kann vor allem Ähnlichkeiten mit dem Phantombild finden. Die Plazierung ist schon für sich genommen eine suggestive Demonstration:

– Rechts auf der Seite mein Leitartikel, man wendet um. Nächste Seite links stößt man auf das gezeichnete Porträt des Mädchens und sämtliche Zeugenaussagen. Gegenüber dann Sinclair mit seiner Nutte, stark vergrößert.

– Titel?

Irgend etwas von der Art: «Ist diese Ladendiebin die Muse des Philosophen Sinclair?»

Der Layouter notiert die Anweisungen. Nicht daß der Job ihm Spaß macht, aber es ist ein Job.

Was Fourier angeht, er macht sich nichts vor. Mangels stichhaltiger Nahrung will er Zeit gewinnen. Auch Massart ist dieser Meinung. Und seine Meinung ist naturgemäß Entscheidung.

■

Was für ein Spiel spielt Massart genau? Der Innenminister hat die letzte Ausgabe von *Halte!* gelesen. Der Fall wird besorgniserregend. Sein Kabinettschef teilt diese Einschätzung voll und ganz.

– Natürlich sind diskrete Nachforschungen angestellt worden. Man hat tatsächlich eine junge Algerierin im «Géant» überprüft. Sie hat den Hausdetektiv verletzt und konnte fliehen. Offiziell ist ihre Identität nicht festgestellt worden.

– Ist es möglich, daß es sich um Sinclairs Freundin handelt?

– Er ist seit mehreren Jahren mit einer Frau liiert, die dem Phantombild in *Halte!* ähnlich sieht. Mätresse, Mündel oder ständige Hure, man kennt ihr wirkliches Verhältnis nicht. Sie ist sehr viel jünger als er. Er ist ein verführerischer Mann.

– Ihr Name?

– Man kennt nur ihren Vornamen, Djemila.

– Ist das alles?

– Herr Minister, Sinclair und die Leute seiner Art oder seiner Umgebung sind schon seit ziemlich langer Zeit nicht mehr Gegenstand von Einzelüberwachungen. In den letzten Tagen haben wir die Sache ein bißchen reaktiviert. Nichts Sensationelles. Sinclair lebt sein normales gesellschaftliches Intellektuellenleben. Er diniert in schicken Restaurants, sorgt im Fernsehen für Skandale, veröffentlicht ketzerische Artikel ohne Folgen in *Le Monde* oder *La Tribune*. Seine Stücke sind erfolgreich, seine Vorlesungen überlaufen. Das Handbuch im Kommissariat seines Viertels vermerkt nichts Besonderes über diese sehr ruhige Straße im XIV. Arrondissement und schon gar nichts in der Zeit, als die beiden Aktivisten der *Bewegung* angeblich verschwunden sind. Ich selber könnte Ihnen sagen…

– Was?

– An dem Abend, den dieser Journalist Fourier – ein kleiner Rüpel nebenbei bemerkt – als den Zeitpunkt des Verschwindens der beiden Typen angibt, habe ich persönlich Sinclair und seinen Freund, den Kommissar Jonas, in Begleitung dieser Djemila in der *Coupole* beim Diner gesehen.

– Jonas? Merkwürdig, oder? Ein Held, gewiß, aber er ist ein Mann der krummen Dinger. Er hat uns nicht nur einmal schwer zu schaffen gemacht.

– Seit Ewigkeiten nicht mehr! Er ist praktisch im Ruhestand, und, unter uns gesagt, ich habe alle Gründe anzunehmen, daß es mit seiner Gesundheit nicht zum besten steht.

– Also ist Sinclair für Sie aus der Sache heraus?

– Als Vrignot überfallen worden ist, hielt Sinclair sich mit seinen Freunden im Lipp auf. Ich kann mir offen gestanden nicht gut vorstellen, daß er in seinem Alter eine antifaschistische Miliz aufstellt.

– Lassen wir die Wahnvorstellungen eines Massart beiseite. Die Hypothese einer privaten Abrechnung bleibt gültig.

– Was uns wieder zu dieser Djemila führt. Wir werden versuchen herauszufinden, wer sie ist, woher sie kommt, was sie tut.

– Gehen Sie mit Fingerspitzengefühl an die Sache heran. Sinclair ist nicht irgendwer. Er hat überall einflußreiche Freunde. Bis zum Beweis des Gegenteils ist er ein über jeden Verdacht erhabener Bürger. Beim geringsten Schnitzer wird man uns beschuldigen, Massart in die Hände zu arbeiten. Haben Sie übrigens die letzten Umfragen gesehen?

– 22 % Zustimmung. Das ist beunruhigend.

– Sagen wir, es ist ärgerlich. Wir müßten Stimmen kaufen.

■

Die Reisetasche ist gepackt. Djemila hat keinerlei Bindung an die Villa Hallé. Und an Sinclair schon gar nicht. Sie kann abreisen, wann sie will. Er liest die Zeitungen, denkt nach, schreibt weniger als früher, trinkt kaum mehr als gewöhnlich.

– Du hast keinen Grund abzureisen. Diese Kampagne stützt sich auf keinerlei faßbares Element, keinerlei Beweis, nichts! Wir können alles rundweg ableugnen.

– Bis auf ein Detail. Ich erinnere dich daran, daß der Köter sich in einem Punkt nicht geirrt hat: Wenn man auf den Gedanken kommt, sich ein bißchen näher mit meinem Personenstand zu befassen, bin ich geliefert. Und ihr damit zweifellos auch.

Sie blickt um sich. Sie erträgt dieses Haus nicht mehr, was sich darin abgespielt hat, die Ausrutscher, die Anschnauzereien und die Zusammenbrüche von Sinclair.

– Du hast mit dieser Geschichte nichts zu tun. Keiner kann dich erschrecken.

Keiner? Man verfolgt sie, fotografiert sie ohne ihr Wissen, veröffentlicht ihr Bild in der Presse. An der Tür ist Blut, und jeden Tag sind anonyme Botschaften in der Post. Auf den Straßen im Viertel dreht man sich nach ihr um. Wer könnte sie erschrecken?

– Geh nicht fort! Ich will es nicht.

Sinclair packt sie mit all seiner Kraft. Djemila hat recht. Nicht weil sie gehen will, das nicht. Jedenfalls nicht ohne ihn. Aber das ist das Alarmsignal, nutzlos, den Vogel Strauß zu spielen. Für den nächstbesten Hitzkopf ist Djemila die ideale Zielscheibe. Er drückt sie an sich.

– Laß mich!

– Warte!

Sie befreit sich abrupt, stößt mit dem Kopf, den Knien nach ihm, sie wehrt sich, kratzt. Er gibt nach. Er will ihr nicht weh tun. Nie.

– Ein paar Tage nur! 48 Stunden!

– Um was zu tun?

– Ich werde eine Lösung finden.

Ein großer Mann, geschlagen. Djemila hat keine besondere Freude daran, aber was ist bei ihr Freude?

– Einverstanden, unter einer Bedingung. Ich will, daß du mir in allen Einzelheiten erzählst, unter welchen Umständen Djemila Assedine gestorben ist. Ohne daß du etwas ausläßt von dem, was du weißt, von dem, was du getan hast.

– Jetzt?

Im Grunde ist er nicht sonderlich überrascht. Früher oder später mußte Djemila den Finger auf diese Wunde legen. Vorzugsweise im schlimmsten Moment.

– Du bittest um 48 Stunden, ich gebe sie dir.

– Danach?

– Gehe ich.

■

Zum zweiten Mal findet sich Fourier vor der Tür von Barth ein, klingelt. Wie er es erwartet hat, keine Antwort. Und wie er sich erinnert, dürfte das Schloß kein großes Geheimnis darstellen. Ohne handwerklich besonders geschickt zu sein, hat der Köter ein paar Erfahrungen beim Aufbrechen von einfachen Schlössern. Alte Erfahrungen aus der Zeit, als die *Bewegung* nur selten mehr als 0,5 % der Stimmen erhielt. Aus diesen heroischen Tagen hat er sogar noch Werkzeug übrig.

Das wirkliche Problem ist von anderer Art. Bis jetzt hat er bei seinen Nachforschungen mehr oder weniger saubere, aber legale Mittel eingesetzt. Dieser so verlockende Einbruch kann sich eines Tages schlecht für ihn auswirken.

Der Köter versäumt nie eine Gelegenheit, seinen eigenen Kleinmut (er liebt dieses Wort sehr) auf die Probe zu stellen. Das ist eins seiner geheimen Vergnügen. Er zieht seine Handschuhe an.

Mit der Einführung des Hakens in das Schlüsselloch verschwinden seine Ängste. Das Hindernis ist lächerlich. Ein Aufbrechen ist gar nicht nötig, der Mechanismus verlangt geradezu danach, ausprobiert zu werden. Die Tür öffnet sich, er geht hinein.

Man spürt es an Kleinigkeiten, an tausend Indizien: Dieses Zimmer hat seit Tagen kein Mensch mehr betreten. Der Junge hat sich abgesetzt. Bevor der Köter irgend etwas berührt, geht er noch einmal durch, was er bisher über Barth weiß: Barthélemy versteht sich mehr als schlecht mit seinem Vater. Als Minderjähriger hat er sich entschlossen, wieder unter die Vormundschaft seiner Mutter zurückzukehren. Ein neurotisches Spitzenmodel, das seine Karriere mit Dummheiten und Beruhigungsmitteln verpfuscht hat. Einige Fotos der affektierten Lady sind an die Wand gepinnt. Zwanzig Jahre alt. Weit entfernt von dem Bild der aufgedunsenen Frau mit dem verschwommenen Blick, die er eines Tages aus beruflicher Routine beschattet hatte, um eine genauere Vorstellung von Sinclairs Welt zu erhalten.

Barthélemy? Eingeschrieben an der Kunsthochschule. In Anbetracht der wenigen Zeichnungen von ihm, die die Wände schmücken, wird er noch lange auf die Subventionen seines Papas angewiesen sein. Was wollte er am Abend des Verbrechens in der Villa Hallé? Bestimmt ganz einfach Kohle abstauben.

Aber Bobo hat ihn nach den Schüssen herauskommen sehen. Nach den Schüssen!

Wieder überfällt den Köter eine böse Befürchtung. Und wenn Bobo ihm eine total erfundene Geschichte erzählt hätte? Und wenn die ganze Angelegenheit nur fauler Zauber eines verunsicherten Halbstarken gewesen wäre, eines Idioten, der sich wichtigtun wollte?

Ein anderer merkwürdiger Eindruck auf der Schwelle zu diesem verlassenen Zimmer. Es herrscht hier eine Art – wie soll er es nennen – eine Art Dummheit. Der Wille, etwas darzustellen, Eindruck zu schinden. Schneller als erwünscht begreift Fourier, was ihn verblüfft. Das Zimmer gleicht dem, das er selber ungefähr in Barthélemys Alter in der Rue d'Assas hatte. Die gleiche Aneinanderreihung von nicht wirklich gelesenen Büchern, die gleichen Fotos von mehr oder weniger aufs Kreuz gelegten Mädchen, die Standardplatten, die technischen Spielereien, alles Mache. Sein Vater ist allerdings kein Eierkopf gewesen. Der Stabsfeldwebel Fourier war kein vorzeigbarer Held. Mama hat nie beabsichtigt, ein Modestar zu werden. Eine Postangestellte. Er hat sich durchbeißen müssen, um da herauszukommen. Ist er herausgekommen?

Dies hier ist die Bude eines Waschlappens, der einer bleiben wird. Das ist die erste wirkliche Gewißheit, die der Köter in sein Dossier eintragen kann, ein Dossier, das er dazu bestimmt hat (aber wann genau?), als Vorlage für die strafrechtliche Voruntersuchung gegen Sinclair zu dienen: Sein Sohn ist ein Durchschnittsmensch, Version konformistischer Gernegroß. Man müßte alles auf Tonband aufnehmen können. Diese dämliche Uniform (soll man sagen Ausrüstung?) eines amerikanischen Football-Spielers. Das aus einer Zeitung ausgeschnittene Foto, das den Jungen zeigt, verloren in einer Studentendemo. Das Modell eines Flugzeugträgers. Die Art, stets sein Mäntelchen nach dem Wind zu hängen. Reich zu sein.

Die Anwandlung kommt plötzlich. Unbezwingbar. Im Gegensatz zu aller früheren Vorsicht. Der Köter wirft die Bücher durch die Gegend, tritt in den HiFi-Turm, reißt die Fotos ab, zerstört ohne jede Kontrolle, Raserei der Enttäuschung, vollendetes Glück des Vandalismus.

Es wird wie ein kleiner, banaler Einbruch aussehen, hübsch dreckig. Ein Bruch, wie es so viele gibt. Herrscht nicht Unsicherheit überall?

Auf die Heiligtümer dieses Bürgersöhnchens pinkeln, seine Spielereien zerstören, die Schubladen leeren, die dümmlichen Poster abreißen (Pil, Madonna, McEnroe).

Aus dem Plastik-Flugzeugträger *Enterprise* fällt gänzlich unerwartet eine Papierrolle. Sieh an: Der kleine Spinner hat Geheimnisse!

■

Der Anruf aus einem angeblich abgelegenen Haus in einer dubiosen fernen Provinz hat Jonas nicht täuschen können. Barth hat keine Telefonnummer anzugeben gewußt, unter der man ihn erreichen könnte, hat sich geweigert, den Namen seines Zufluchtsweilers zu nennen. Der Idiot ist also noch in Paris! Auf Tour mit irgendeinem Mädchen. Nichts, was man sich nicht leicht vorstellen könnte. Was mochte Sinclair bloß getan haben, um einen solchen Sohn zu verdienen?

Jonas ist soweit, daß er die Schönheitsfehler der immanenten Gerechtigkeit registriert. Der große Held Sinclair, der sich mit den Tücken seiner Geschichte, seinem Sohn, seiner Djemila herumschlägt. All diese Hunde, die nach ihm schnappen. Der Köter.

Und Jonas selber, der ihm nicht nur Gutes tut.

Der Tod der beiden unbedeutenden Handlanger war auch eine Falle. Eine Abrechnung. Der große finstere Bulle gegen den geschockten Intellektuellen. Der eine bietet dem andern ein perfektes zweifaches Verbrechen an. Eine regelrechte Verdammung für den Philosophen. Der schlimmste Streich, den man ihm spielen konnte.

Jonas amüsiert sich königlich. Er ist der Spielleiter. Ohne Vorsatz.

Seine Verfahrenslinie ist perfekt abgesteckt. Kein anderer als er selber wird die Bedingungen seines Todes auswählen. Ein Recht, das er beanspruchen zu können glaubt, nachdem er so oft sein Leben riskiert hat. Jedem sein Sinn fürs Theater.

■

Sinclair redet. Er hat Djemila gebeten, ihn vor allem nicht zu unterbrechen.

■

In der Redaktion sorgt ein kleiner, schlichter Satz für Befremden mitten in der Unterhaltung zwischen zwei Verantwortlichen der *Bewegung* (Fourier, in seinem wunderschönen Büro verschanzt, zerstreut, mit dem Kopf woanders, bekommt davon nur Fetzen mit):

– Vrignot hat nicht gut daran getan, Massart überholen zu wollen, die Strafe hat nachhaltige Folgen.

Das jüngste Gesundheitsbulletin, veröffentlicht und kommentiert von *Halte!*, erlaubt keinerlei Zweifel, und für dieses Mal ist die Information unwiderlegbar: Vrignot wird lebenslänglich behindert bleiben. Strafe?

Fourier liest zum zehnten Mal das Dokument, das er in der Rue du Ranelagh gefunden hat. Es ist auf der Maschine geschrieben, aber reichlich mit handschriftlichen Notizen versehen.

«Heute nacht habe ich zwei Männer getötet. Sie waren ungefähr in meinem Alter. Das Ganze ist bei meinem Vater passiert.»

■

Camille Desgrelles schwänzt ihre Vorlesungen, selbst die langweiligsten, nur selten. Sie hat vor, ordentlich und methodisch zu tun, was man tun muß, um in Politikwissenschaften aufgenommen zu werden, eine programmierte Karriere. Folgerichtig macht sie eine gute Figur bei jedem der Empfänge, die ihre Eltern geben. Nicht, damit es sich unmittelbar auszahlt, und noch weniger aus Vergnügen. Sie saugt auf, gierig. So hat man sie erzogen, sich nichts entgehen lassen.

– Bleib bei mir, hat dieser Idiot Barth zu ihr gesagt. Laß uns in ein Nachtlokal gehen oder hierbleiben, nur wir zwei. Diese Feiereien haben doch keinen Sinn.

Sie hat ihm ins Gesicht gelacht, bis später dann. Das Leben, wie sie es will, besteht nur aus sturmfreien Buden oder Novitels, verjubeltem Zaster, von dem man nicht weiß, woher er stammt, angenehmen Vögeleien ohne irgendeinen Nutzen. Camille ist neunzehn Jahre alt, das reicht, da ist man kein Seelchen mehr.

Und ausnahmsweise amüsiert sie dieses Diner, zu dem ihre Eltern eingeladen haben (ins herrschaftliche Stadthaus an der Avenue Georges-

Mandel) und bei dem Massart der Stargast ist. Zum Zeitpunkt, da die *Bewegung* eine Kampagne gegen Barths Vater führt, ist es sogar echt komisch. Das Biest in Augenschein nehmen.

Um so mehr, als Massart Camilles Vater, Raoul Desgrelles, seit Monaten bedrängt, bei den nächsten Wahlen die Liste seiner Partei anzuführen. Desgrelles, Kosmetika, Mode, ein Privatsender, ein Netz von einflußreichen Personen, ein großer Name, ein schönes Bild, das siegreiche Frankreich. Bis jetzt zögert Papa.

– Lieber Freund, welch ein Vergnügen...

– Gnädige Frau, welche Ehre...

Massart küßt Hände, schüttelt andere, man drängt sich ein wenig um ihn. Man taxiert die Muskeln seines Leibwächters, die sich unter dem Smoking spannen. Man bietet ihm höflich an, im Anrichtezimmer eine Erfrischung zu sich zu nehmen, Massart gibt seine Zustimmung.

Ein wirklich gut aussehender Mann, der Führer. Der beunruhigende Charme von schmalen Gesichtern, von Adlerprofilen (ein geläufiges Klischee in den Artikeln über ihn). Camille registriert: Kaum eingeführt, fühlt er sich schon wie zu Hause. Mit einer ganz besonderen Art, den Einfluß der Männer, die Ärsche der Frauen, die Echtheit der Gemälde abzuschätzen.

– Entzückt, Ihre Bekanntschaft zu machen, Mademoiselle.

– Sehr interessiert, Sie zu sehen, Monsieur.

Er richtet sich sehr schnell auf. Camille amüsiert sich.

– Tatsächlich? Was verschafft mir diese Ehre?

– Ich frage mich immer, wie weit ein Mann gehen darf.

– Auf dem Weg seiner legitimen Ambitionen oder dem seiner Schandtaten?

– Ich glaube zu wissen, daß sie sich manchmal stark überschneiden.

– Was für eine kühne Idee für eine so junge Frau! Wir sprechen noch darüber.

Stimmengewirr. Man umringt ihn, befragt ihn. Er verdoppelt die Bonmots und sein Lächeln. Das Spiel der mondänen Gesellschaft. Champagner und Delikateßhäppchen. Kaviar. Etwas undefinierbar Abstoßendes liegt in der Luft. Camille fragt sich, was es ist; die Antwort bedeutet ihr wenig. Mama schwirrt umher. Papa läßt ein wenig Zeit verstreichen, dann fängt er seinen Stargast im Vorübergehen ab.

– Unter uns, Massart, die Umfragen sehen sehr günstig für Sie aus, aber das will nicht viel besagen.

– Genug, damit Sie mir die Ehrungen Ihres Hauses zuteil werden lassen. Hätten Sie mich eingeladen, als ich weniger als 5 % der Stimmen wert war?

– Sagen wir, daß ich selten Empfänge gebe, sagt der Vater.

– Die *Bewegung* ist die aufsteigende Kraft. Das zeigt sich in allem: Teilwahlen, Umfragen, was weiß ich. Die gesamte politische Ebene ist gezwungen, sich im Verhältnis zu uns neu zu definieren. Sehen Sie, welchen Raum die Presse uns widmet. Sie sind ein Sieger, Desgrelles, Ihr natürlicher Platz ist in unseren Reihen.

– Ihre Methoden sind manchmal...

Nicht viele Männer erlauben sich, Desgrelles vertraulich am Arm zu fassen, ihn ein wenig zur Seite zu ziehen, weg von dem Getümmel, wie man es sich bei einem alten Freund gestattet. Massart fühlt sich rundherum wohl.

– Welche Methoden? Ich brauche Ihnen doch wohl nicht zu erklären, daß, wer siegen will, zu den entsprechenden Mitteln greifen muß. Sie sind genau wie ich ein Kämpfer. Sie haben es verstanden, Ihre Gegner den Regeln Ihres Spiels zu unterwerfen.

– Aber unter Wahrung...

– des äußeren Scheins, das gestehe ich Ihnen zu. Die Geschäftswelt läßt Rücksichtnahmen zu, die Politiker sich nicht immer erlauben können. Aber wir alle wissen, es kommt vor, daß Einflußnahmen erschlichen, die Stimmen eines Rates oder einer Versammlung gekauft, Gegner eingeschüchtert werden und auch zu Gewalt übergegangen wird. Na und? Ich bin genau wie Sie ein Liberaler: Der Beste gewinnt, der Entschlossenste. Ich würde Ihnen nicht vorschlagen, sich uns anzuschließen, wenn Sie ein zartes Lämmchen wären.

Papa hüstelt, ein wenig bleich unter der Sonnenbräune.

– Kehren wir zu unseren Freunden zurück. Wir werden noch darüber reden.

Höflichkeit verpflichtet, gewiß. Massart begnügt sich mit einem leichten Druck auf den Unterarm seines Gesprächspartners.

– Unsere Methoden sind einander ebenbürtig. Ich dränge Sie nicht, Desgrelles. Wir sind aufeinander angewiesen.

Scotch. Der Führer der *Bewegung* amüsiert sich, er ist entzückt. In seiner Gegenwart bekommt selbst der schickste Salon einen vagen Anflug von Kasino. Das gefällt. Nicht, daß er ein schlechtes Bild abgibt. Nichts einzuwenden gegen seinen Konjunktiv Imperfekt (er läßt nie einen aus!). Man stellt ihm den Akademiker vor, er verneigt sich vor der alten Mutter, grüßt von weitem einen langjährigen Sympathisanten, lehnt kein Appetithäppchen ab. Er, ein gefährlicher Mann?

Er lächelt. Früher oder später kriechen sie alle zu Kreuze vor ihm.

Camille schlängelt sich heran. Er lächelt ihr zu.

– Ah! Das Fräulein, das sich für mich interessiert!

– Was haben Sie gegen François Sinclair?

Camille hat sich nichts zurechtgelegt (sie erkennt, daß das ein Fehler war). Es ist ihr ganz selbstverständlich über die Lippen gekommen. Der verlorene Soldat erstarrt, beobachtet sie (blaue oder graue Augen, frostig, wie es heißt). Wer bildet sich ein, ihn überraschen zu können?

– Was haben Sie für ihn übrig, Mademoiselle?

– Sie sagen, er ist ein Mörder.

– Ich würde mich hüten, so genau zu sein.

– Ihre Zeitung…

– Ich leite nichts dergleichen.

– Gut, vergessen wir das, sagt Camille. Völlig unwichtig.

– Aber nein! Er hebt die Stimme. Das ist eine ganze Geisteshaltung, die Sie mir da offenbaren. Die Hetze gegen Massart tut ihre Wirkung! Man unterstellt mir die schlimmsten Absichten, man beschuldigt mich für alles und jedes, und selbst bei Freunden, die mich empfangen, verfolgt man mich.

Die Mutter kommt zu Hilfe, das ist ihre Aufgabe.

– Camille möchte Journalistin werden. Sie stellt furchtbar gern verfängliche Fragen.

Massart lacht nie: Er prustet los. Laut, sehr lange und irgendwie trocken. Sein Urteil über das Publikum, diese Leute da, steht fest. Er hat nie behauptet, die Desgrelles und die anderen zu verführen, ihnen zu gefallen. Aber ihnen Angst zu machen, das ja. Das kann er. Weil jeder rechnen kann.

Nach der jüngsten Umfrage entfallen 24 % der Wählerabsichten auf die *Bewegung*.

Camille will nicht Journalistin werden. Sie will da sein, wo die Macht ist.

– Dieses junge Mädchen hat recht. Man muß die lästigen Fragen stellen. Während meiner gesamten Karriere hat man mir viele gestellt in der Hoffnung, mich zu verwirren. Ich habe geantwortet, und meine Antworten sind immer störender gewesen als die Fragen. Jetzt steht es mir zu, ein paar davon zu stellen. Zum Beispiel: Ist ein ehrenwerter Linksintellektueller zwangsläufig ein über jeden Verdacht erhabener Bürger? Ich klage Sinclair nicht an. Ich sage, daß diese Männer, die mit ihm zu tun gehabt haben, verschwunden sind, daß ein anderer auf schändliche Weise verstümmelt worden ist. Ich sage, daß eine Miliz am Werk ist, die versucht, die national gesinnten Aktivisten zum Schweigen zu bringen. Ich sage, daß wir in ein paar Tagen in der Lage sein werden, einen gewaltigen Skandal aufzudecken.

Camilles Mutter schlägt vor, zu Tisch zu gehen.

– Einen Augenblick, sagt Camille ziemlich leise zu Massart.

– Ja?

– Ich habe mit Sinclair nichts zu tun. Ich kenne nur zufällig seinen Sohn ganz gut.

– Warum diese Vertraulichkeit? Ist er womöglich Ihr Flirt? Das ist zu komisch. Sie sollten dem jungen Mann raten, vorsichtig zu sein.

– Was wollen Sie damit sagen?

– Sinclair wird stürzen, davon bin ich überzeugt. Seine kleine Familie ist nicht automatisch mitbetroffen. Sie sollte darüber nachdenken. Und Sie auch.

■

Ein Dokument überwältigender Naivität.

Der Junge verschweigt nichts. Da steht es Schwarz auf Weiß. Zuerst die Demütigung durch die Ohrfeige und die Schläge im Beisein von Djemila, die Scham über seinen Sturz unter dem Schock. Er weicht zurück, kriecht ein Stück. Die anderen rücken vor wie bei der Parade. Der alte jämmerliche Zirkus von Halbstarken, die ihre Schau abziehen. Er versteht. Djemila ist nicht gewillt, sich beeindrucken zu lassen, es ist ihr alles so egal (wie macht sie das bloß in der Lage?). Barth hat lange bei Sinclair gewohnt. Er weiß, daß die Knarre seit jeher in der ersten Schublade des kleinen Sekretärs liegt, ein englisches Möbelstück ohne wirklichen Wert. Es ist leicht, sie an sich zu nehmen. Er erhebt sich ungeschickt. Eine Mauserpistole, geladen, schußbereit. Er nimmt sie an sich. Diese Blödmänner wollen es nicht glauben, rücken weiter vor, der eine will sich Djemila greifen, Barth schießt, sie schreit. Er schießt noch einmal, erschrocken, stark.

Der Köter hat die Szene mehrfach in seinem Kopf rekonstruiert. Die Raserei des Jungen versteht er gut. Er muß es genossen haben, der Kerl. Er an seiner Stelle hätte es getan. Er hat Barth beneidet, den jämmerlichen Wicht, der mit einigen Krümmungen des Zeigefingers das Schicksal dieser Typen geregelt hat, die noch jämmerlicher waren als er. Er hat alles verstanden. Nicht nur den ersten Schuß, den man mit Angst oder Panik erklären könnte. Nein! In seiner Niederschrift erläutert Barth seine Verbissenheit sehr genau. Die erste Kugel, das war Panik, eine übergezogene Antwort. Danach war es der Wille zu töten. Mit diesem einfachen Mittel, diesem Revolver in der Hand. Schießen, wieder und wieder. Er beschreibt gut. Der Körper, der unter dem Gnadenstoß zusammenzuckt, ein letztes überhebliches Aufbäumen. Die Lust weiterzutöten, wie ein Taumel. Sinclair, endlich aus seinem Betrunkenenschlaf erwacht, mußte ihn in den Klammergriff nehmen, damit er aufhörte und unter Tränen zusammenbrach.

Fourier macht Fotokopien. Mehrere Exemplare. Verteilt sie auf verschiedene Umschläge.

■

Er ist auf der falschen Fährte gewesen, aber das ist egal. Der Köter stellt sein Tonbandgerät auf den Tisch. Diesmal geht es nicht um eine dieser auf halben Sold gesetzten Figuren, die er im ersten Teil seiner Untersuchung befragt hat. Ein Generalrat. Ein persönlicher Freund von Massart. Zweireiher, Ordensbandschleife, maniküre Nägel, schwacher Duft nach «Pour Monsieur» von Chanel. Ein bereitwilliger Zeuge.

– Sinclair?... Auch wenn es Sie überrascht, sage ich Ihnen: Das war ein Heißsporn. Einer dieser Typen, vor denen jede Armee sich hüten muß. Mutig, undiszipliniert, mit sehr viel Einfluß auf die Männer. In seinem Frontabschnitt hatte kein einziger Berufssoldat ein vergleichbares Ansehen. Sein Umschwung wegen dieses Mädchens hat mich nicht gewundert. Ich habe mir gesagt: Aha, er springt rechtzeitig ab. Sie wollen, daß ich das erläutere? Das ist nicht so einfach. Die Umstände waren sehr beengend, die Befehle manchmal sehr ungenau. Es hat sicher Mißbräuche gegeben, es gibt sie immer noch, aber in bestimmten Fällen war der Rückgriff auf gewisse Formen des körperlichen Drucks unerläßlich. Das sage ich Ihnen heute noch, weit weg von all dem Chaos und als Christ. Man mußte tun, was wir getan haben. Ohne Haß, aber mit Entschlossenheit, Überzeugung und Verantwortungsgefühl. Das war nicht leicht. Das war sogar eine schreckliche Prüfung. Sinclair hat sich ihr entzogen. Vielleicht hatte er seine Gründe, aber er hat seine Kameraden die Drecksarbeit beenden lassen. Ein Mangel an Nächstenliebe für mein Gefühl. Diese Frau, Djemila Assedine, war der Schlüssel zu allen Rebellenbanden im Constantinois. Ihre Truppen beunruhigten unsere Männer, terrorisierten die regierungstreuen Dörfer. Sie war verantwortlich für Hunderte und Aberhunderte von Toten und Verwundeten. Als sie endlich gefangen war, sollte sie alles sagen, was sie wußte, sehr schnell, mit allen Mitteln. Vergessen wir nicht, daß es Sinclair war, der sie ausgeschaltet hat. Eine sehr gute Operation übrigens. Aber warum ist er auf halbem Weg stehengeblieben? Er hat eine Polizeiaktion erfolgreich durchgeführt, von den Erfordernissen des Krieges hat er nichts wissen wollen. Und zunächst waren wir nicht offiziell im Krieg. Wer war der Dumme? Das Problem, das Sie beschäftigt, liegt nicht einmal da. Diese Djemila ist gestorben. Man hat gesagt, unter der Folter. Zur gleichen Zeit, in der gleichen Nacht führte Sinclair eine Patrouille an. Es ist reichlich spät zum Polemisieren, aber das ist eine Tatsachenversion, über die man streiten kann. Alle in diese Episode verwickelten

Offiziere und Unteroffiziere sind in den folgenden Tagen gestorben. Das Los vieler Kampfgruppen in jener Zeit, klar. Aber auf diese Weise konnte man Sinclairs Wahrheit nie mit einer anderen konfrontieren, als er anfing, die Folter anzuprangern. Ob ich sagen will, daß er selbst gefoltert hat? Darüber weiß ich nichts. Es ist trotzdem erstaunlich, daß er seine Kameraden belastet hat... Ich denke, daß er sich einem Problem, einem schwerwiegenden, wie ich zugebe, entzogen hat, das diese Djemila für ihn darstellte. Eine sehr schöne Frau, nach dem, was ich gehört habe. Er hat seine Kameraden die unerläßliche Arbeit erledigen lassen und dann den Schöngeist gespielt. Weil er den neuen Wind gespürt hat. Kriegsführer waren wirklich nicht mehr gefragt. Schon sehr viel länger nicht mehr, als wir geglaubt hatten. Er hat sich eine Persönlichkeit zurechtgelegt, auf Kosten der Soldaten, die nicht so schlau waren wie er. Natürlich hat er in der Festung gesessen und ist vor ein Kriegsgericht gestellt worden. Sie werden aber dennoch feststellen, daß niemand allzusehr in dieser Affäre herumwühlen wollte, um herauszufinden, was wirklich daran war. Alle Welt genierte sich so! Sinclair, ein anständiger Mann? Nein. Selbst heute glaube ich es nicht. Ich habe es Ihnen gesagt: ein Heißsporn. Sehr intelligent. Vielleicht ein Schwindler. Vielleicht... Aber wissen Sie, was diese Zeit angeht, lügen alle schon seit langem. Sogar Massart.

■

Fourier nimmt den Hörer ab. Es ist Massart.

– Ja?

Was er sagt? Zu Recht oder zu Unrecht und durch die Blume, er denkt, Sinclairs Sohn könnte ein wichtiges Element in der Untersuchung sein. (Fourier feixt.) Er schläft mit der Desgrelles-Tochter, ein hübscher Zufall. Der Köter schert sich herzlich wenig um die Mühe, die Massart sich gibt, um bei den nächsten Wahlen vorzeigbare Listen aufzustellen. Zu Unrecht.

– Wenn man dieses Mädchen beschattet, müßte man den Sohn finden können. Falls ich Ihren Berichten glauben darf, dürfte er genau Bescheid wissen, wie sich die Dinge an einem gewissen Abend abgespielt haben.

Wenn Massart wüßte! Aber es ist zu früh. Trotzdem, diese Spur kommt ihm gerade recht. Nicht, um wirklich etwas zu erfahren, sondern um das Bild zu vervollständigen.

– In Ordnung, ich mache mich daran.

– Fourier?

– Ja?

– Wie soll ich es Ihnen sagen?... Ich weiß, daß Sie ein sehr guter Freund von Vrignot waren. Der Schlag, der ihn getroffen hat, gibt uns allen Gelegenheit nachzudenken. Er hat sich, sagen wir... ein bißchen zu sehr im Alleingang vorgewagt.

– Genau zu dieser Ansicht bin ich auch gelangt.

– Um so besser. Halten Sie mich über alle neuen Aspekte auf dem laufenden.

Der Köter, ein Freund von Vrignot? Wenn Massart droht, kümmert er sich nicht um Nuancen.

■

Daß sie ihn nur nicht unterbricht!

Ein wiedereinberufener Offizier, das war gar nicht so einfach.

Die erste Handlung der Regierung des Freien Frankreich bestand darin, den Aufruhr in den Kolonien niederzuschlagen. Sétif, vierzigtausend Tote.

– Ich war nicht dabei, wie du weißt. Ich war nicht einmal besonders informiert. Das überrascht dich? Es ist Tatsache. Ich habe die Leute immer ein bißchen verhöhnt, die mir erklärten, daß sie von den Verhaftungen, den Deportationen, den Lagern nichts wüßten. Natürlich wußten sie. Genau wie ich von Sétif und allem andern hätte wissen können. Nein. Ich habe an eine einfache Operation zur Aufrechterhaltung der Ordnung geglaubt. Verwickelter noch: Ich habe gedacht, man könnte die Waffen strecken, sie im wahrsten Sinne des Wortes niederlegen. Wir haben sie niedergelegt, so lautete die Parole. Ich habe nur diese Mauserpistole, die ich dem Feind abgenommen hatte, behalten und versteckt. Eine Erinnerung. Ich habe unterrichtet. Mit Freunden ein paar Dinger gedreht. Mich im Journalismus versucht. Stücke geschrieben. Festivals organisiert. Sicherlich das Bedürfnis, mir ein neues Aktionsfeld aufzubauen. Als ich zehn Jahre später wiedereinberufen wurde, habe ich mich bereits ein bißchen gelangweilt.

■

Nicht besonders schwer auszumachen, der Sohn.

Die Desgrelles-Tochter geht geradewegs hin, ohne irgendwelche Umstände. Novitel, Forum des Halles. Warum?

Gute Frage!

Weil er sich versteckt. Mindestens ein bißchen.

Was sich hinreichend erklären läßt, wenn man sein Tagebuch liest. Aber was zählen die Antworten, die man darin findet. Das wahre Problem: Ist Barth Sinclair, Zimmer 512, ein kompletter Idiot?

■

Dann wäre Barth also da?

Es genügt, dem Köter zu folgen. Jonas reibt sich die Hände. Ohne ein Fünkchen Genugtuung. Es ist erschreckend, wie sich seit Beginn dieses Falls jeder auf der abschüssigen Bahn der größten Dummheit bewegt.

Selbst er, Jonas.

■

Sinclair:

– Ich habe meinen Job gemacht. Ich war dazu bereit. Trotz meiner Reserviertheit gegenüber den Methoden des FLN war ich überzeugt, daß die Unabhängigkeit unvermeidbar war; es gab seitenlange Auslassungen zu diesem Thema, man braucht sich nur die Presseausschnitte anzusehen. Aber ich wollte im Zentrum der Ereignisse sein, also bin ich hingegangen und habe es mir angesehen. Mit der für einen Philosophen bizarren Idee im Kopf, daß letzten Endes die Geschichte entscheiden würde. Sie tut es immer nur im Namen des Schlimmsten, das sie eine Zeitlang billigt. Das Urteil der Geschichte hat etwas Träges. Ich war Fallschirmoffizier in der Hochland-Region. Ich habe den Krieg mitgemacht, die Durchkämmungsaktionen, die Hinterhalte. In dieser Epoche bin ich zum ersten Mal nach Djemila gegangen. Man hatte mir davon erzählt, ich hatte ein paar Bücher gelesen. Es war ein unsicheres Gebiet. Ich bin allein hingegangen, ohne Waffen. Als Spaziergänger, ein unerhörter Luxus. Viele Männer fielen. Unsere Informanten sagten uns etwas Merkwürdiges: Euer Hauptgegner ist eine Frau! Die Verhöre bestätigten es. Ich habe nie gefoltert. Ich nicht und auch die Männer nicht, die unter meinem Befehl standen. Nie! Andere Kompanien übermittelten uns Organisationspläne, die sie nach Anwendung von Elektroschocks und der sogenannten «Badewanne» erstellt hatten, ich habe davon erst später erfahren. Ich hatte nichts damit zu tun. Ich hätte es wissen müssen. Die Einrichtung dieser Spezialistenkompanie, die bewährten Offizieren unterstellt war, ging auf den Führungsstab zurück. Ich galt als geeignet wegen meiner Erfahrungen im Maquis und meiner Kenntnis des Partisanenkriegs. Und außerdem liebte ich dein Land. Lach nicht. In Wirklichkeit war Djemila sicher nicht die Anführerin jener FLN-Gruppe, die uns pausenlos bedrängte. Unter den damaligen Umständen konnte eine Frau diese Macht nicht haben. Aber sie hatte sich als eine gefährliche Kämpferin behauptet. Die Gestalt einer Mörderin auf dem Hintergrund des Krieges, ein bißchen auch der Beginn einer Legende. Denn sie war nicht zu fassen. Mit dem Kommando Djemila fertig zu werden, das war ein großer Einsatz für uns alle. Auch für mich.

Djemila begreift sehr gut, was er ihr nicht so recht sagen kann. Sinclair hat diesen Krieg gehaßt, aber er hat mitgespielt. Er hat beobachten, sauber bleiben wollen, und deshalb hat er seine Waffe bestimmt nicht oft benutzt. Sein Mut wollte sich aber auf andere Art beweisen, so daß er gewisse Methoden laut und deutlich mißbilligen konnte. Somit durfte ihn auch niemand beschuldigen, nicht sein Leben aufs Spiel gesetzt zu haben!

Ohne es zu wissen, hat ihm eine Frau namens Djemila eines Tages eine persönliche Herausforderung geboten.

■

Sie schlägt die Tür zu. Barth nimmt es nicht sofort zur Kenntnis. Bleibt eine Weile niedergeschmettert auf der Bettkante sitzen. Der Fernseher läuft, auf dem Bildschirm Schnee. Er hat das mal in irgendeinem Film gesehen. Dauer-TV, sehr schick. Was hat Camille genau gesagt? Daß er eine Null ist, absolut beschissen.

Daß es aus ist!

– Warum?

– Entweder du glaubst, dein Vater ist unschuldig, dann hältst du zu ihm und verteidigst ihn, oder er ist schuldig, und du zeigst ihn an.

Was weiß Barth schon von Schuld?

– Und du, was glaubst du? hatte er kläglich gesagt. Ich liebe dich.

Sie war lachend weggegangen.

Barth steht auf, es ist noch Zeit. Das ist eins von Barths Problemen, immer glaubt er, es ist noch Zeit (gleichzeitig ist es eine der Schwächen, die er von Sinclair geerbt hat, aber erst, als er schon älter war). Er stürzt hinaus. Der Gang ist leer. Türfluchten, dicker Teppichboden. Stille. Camille zurückholen!

Geräusch des Aufzugs. Barth eilt in großen Sprüngen die Treppe hinunter, drei Etagen. Sie ist nicht in der Halle. Außer Atem verläßt er das Hotel, schon beinahe zufrieden mit dem kleinen Film, der jetzt abläuft. Camille kann ihm nicht entkommen, nicht ihm, nicht in diesem Augenblick, ihre Einschätzung des Falles Sinclair ist einfach dumm. Er ist mit Sicherheit derjenige, der ihr darüber ein Licht aufstecken kann. Er rennt los.

Gedränge in den Gängen des Forum. Schönes Wetter. Wohin ist sie gegangen? Richtung Beaubourg oder Saint-Eustache? Zu viele Leute. Barth kann Camille nirgends entdecken. Sich schnell für eine Richtung entscheiden! Er kennt sie so gut. Am wahrscheinlichsten ist, daß sie beschlossen hat, durch die Kaufhäuser zu bummeln. Das hat sie ihm oft gesagt. Wenn sie Ärger hat, macht sie die Shoppingtour. Eine Ablenkung wie jede andere. Kurs auf die Rolltreppe und Zusammenstoß.

– Diese Eile! sagt Fourier, den er umgeworfen hat.

– Entschuldigen Sie, sagt Barth.

– Einen Augenblick! Das Mädchen, hinter dem Sie her sind, ist genau in die andere Richtung gegangen. Sie ist längst verschwunden.

– Wer sind Sie und wie können Sie das wissen?

Der Köter klopft sich den Staub ab. Ein paar Meter weiter, neben einem sehr häßlichen Brunnengebilde sitzt Jonas friedlich auf einer Steinplatte und beobachtet sie.

– Vielleicht darf ich Ihnen etwas anbieten? sagt der Köter.

Warum nicht das *Café Costes*? Barth besucht es ziemlich selten.

Fourier hat nicht verheimlicht, daß er Journalist ist und bei welcher Zeitung. Auch nicht, daß er alles weiß. Wie gewöhnlich stellt er sein Tonbandgerät an.

– Alles?

– Willst du Beweise? Die Waffe war eine Mauserpistole, eine Kriegsbeute deines Herrn Papa. Es sind vier Schüsse abgegeben worden. Kein Vorsatz, aber zwei Tote. Die Typen haben noch einige Minuten mit dem Tod gerungen…

– Genug! bringt Barth eingeschüchtert hervor. Sie können nichts beweisen von dem, was Sie da behaupten.

– Das kann ich ohne Schwierigkeiten, sagt Fourier.

Die Wirkung ist leicht erzielt, fast zu leicht, es gibt keinen Grund, sich kleine Freuden zu versagen. Der Köter nimmt einen Packen Blätter aus seiner Tasche, reicht sie dem mittlerweile aschfahlen Jungen. Natürlich ist er tief betrübt, daß er ihm nur Fotokopien wiedergeben kann…

– Das ist entsetzlich, murmelt Barth.

Ein paar Sekunden lang befürchtet der Köter, der Junge könnte zusammenbrechen, zu weinen anfangen, eine Dummheit dieser Art. Angesichts der Umgebung würde das einen schlechten Eindruck machen. Also schnell den Vorsprung vergrößern.

– Sie waren nicht ernsthaft bewaffnet, von Notwehr konnte keine Rede sein.

– Worauf wollen Sie eigentlich hinaus? Barth reißt sich zusammen. Wie haben Sie mich gefunden?

– Erzähl mir nicht, du hättest dich versteckt. Nachdem es nicht mehr um die Frage geht, wer die Männer getötet hat, heißt die neue: Wie sind sie verschwunden? Wie denkst du darüber?

Ein gut besuchtes Café, lauter adrette Leutchen. Ein langweiliger Ort, ohne Bedeutung, wie Paris sie ständig hervorbringt, schöne Farben, gefällige Formen. Und das Leben läuft aus der Spur.

– Ich hatte damit nichts zu tun, ich weiß nichts davon.

– Du hattest nichts mehr damit zu tun, das stimmt. Aber man hat dir notgedrungen die Fortsetzung der Ereignisse erzählt.

– Ich habe meinen Vater nicht wiedergesehen.

– Ihr mögt euch nicht sonderlich, einverstanden. Aber der Komplize eines Doppelmordes zu sein, das macht die Bindungen enger. Er muß über irgendwen Kontakt zu dir aufgenommen haben. Bestimmt diese Frau, die schöne Djemila. Hab ich recht? Oder einer seiner Freunde? Wer?

– Ich habe Ihnen nichts zu sagen.

– So ist es, und es ist mir egal. Du hast schon viel geliefert. Soviel, daß du sehr tief fallen wirst und für sehr lange Zeit. Du und dein ehrenwerter Papa. Mit der nächsten Ausgabe von *Halte!* ist dein Leben im Eimer. Es sei denn…

– Es sei denn?

– Es sei denn, dein Vater blecht.

Ein ganz spontaner Einfall, ohne daß der Köter groß darüber nachgedacht hätte. Oder weil dieser uneingestandene Gedanke ihn im Unterbewußtsein schon länger beschäftigt hat. Eine nette kleine Erpressung.

– Ich verstehe nicht.

Natürlich ist Massart gegenüber äußerste Vorsicht geboten. Man wird ihn überzeugen müssen, daß alle Nachforschungen zu keinem Ergebnis führen, daß alle Fährten in Sackgassen münden, daß alles getan worden ist, was möglich war. Das heißt nicht, daß man nicht weiterhin Verdächtigungen gegen Sinclair in die Welt setzen könnte, aber Beweise, nein. Denn für die Beweise wird Sinclair den vollen Preis bezahlen, damit sie auf immer und ewig in einem Safe ruhen!

– Du wirst das Ganze deinem Papa erklären und ihm sagen, daß ich mich in ein oder zwei Tagen bei ihm melden werde. Verstanden? Er wird überrascht sein, wenn er feststellt, daß deine Prosa mehr wert ist als seine.

Der Köter steht auf, grüßt, verabschiedet sich und läßt einen vernichteten Barth zurück. Er ist ganz und gar nicht sicher, ob er da wirklich eine gute Idee gehabt hat. Vielleicht weil er sich nach ein paar Schritten auf der Straße an den zerschlagenen Körper von Vrignot erinnert, auf dem Bett im Krankenhaus. Eine Strafe…

Jonas sieht zu, wie er sich entfernt. Wie kommt man um einen weiteren Mord herum?

Aber vorher empfiehlt sich eine Aussprache mit diesem Idioten Barth.

■

Der Traum ist mehr oder weniger immer der gleiche. Da sind die Felsschluchten, sie läuft. Man ist ihr auf der Spur.

Sie ist ihnen in die Hände gefallen, das war unvermeidlich. Wegen einer einzigen Dummheit und ziemlich vieler Denunziationen. Das heißt, Geständnissen, die sie auf ihre Art erhalten haben.

Ein Bauernhof, einige Gebäude. Eins davon etwas abgesondert von den anderen. Dort finden die Verhöre statt. Sie hat oft von diesem Schauplatz geträumt. Sie hat sich selbst oft gesehen, wie sie ankommt, die Arme gefesselt, von Gewehrkolben angetrieben, die ihr den Rücken aufschlagen, das ist nichts, sie weiß, was sie erwartet. Sie betrachtet den Himmel, versucht sich klarzumachen, daß es das letzte Mal ist, wie kann man diese Dinge glauben! Ein paar sarkastische Bemerkungen. Soldaten. Das Drehbuch ist jämmerlich. Sie ist gelassen. Sie hat Angst.

Manchmal bäumt Djemila sich auf, spuckt aus oder stößt einen heldenhaften Schrei aus. Sie beschimpft sie.

Die Gesichter ihrer Begleiter sind stets undeutlich.

Die Sonne draußen ist sehr hell. Folglich ist sie geblendet, als man sie in dieses düstere Zimmer wirft. Der Boden ist aus gestampfter Erde. An diesem Punkt erlebt sie im Traum jedesmal das gleiche. Um sie herum sind mehrere, aber sie kann sie nicht sehen.

Die Schläge fallen sehr schnell. Djemila erinnert sich, daß sie eine Frau ist, daß man sie dafür teuer bezahlen lassen wird.

Nichts anderes sagt Sinclair, trotz seiner Vorsicht, seines manischen Willens, sich an die Tatsachen zu halten. Sie hört zu.

Von einigen Einzelheiten abgesehen zählt nur eins. Nach seinen Worten ist es mehrere Stunden lang nicht zu Gewalttätigkeiten gekommen.

■

Massart hat seine Berufung nicht wirklich verfehlt. Die Armee, die Politik, da ist er immer in seinem Element gewesen. Aber er wäre gern Journalist geworden. Er hätte es gekonnt, es fehlt ihm nicht an Schreibtalent, und er ist stolz darauf, daß er im Gegensatz zu vielen anderen sein Buch (*Mein Frankreich*, halb Biografie, halb Manifest) und fast alle seine Reden selbst geschrieben hat. *Halte!* ist ein Trost. Seit die *Bewegung* sich zunächst gegen alle rivalisierenden Grüppchen, dann auf der großen politischen Bühne behauptet hat, ist er der inoffizielle Chef des Blattes.

Manchmal auf dem Rückweg von einer Versammlung oder einem guten Essen zu später Stunde liebt er es – seine kleine Schwäche -, in das Zeitungsgebäude zu gehen, nachts, wenn es verwaist ist. Dann plaudert er mit dem Wächter, einem alten grindigen Harki[13]. Oder mit dem Mann vom Bereitschaftsdienst, der ohne großen Eifer den Ausgang der Telegramme überwacht.

Die ausgestorbenen Redaktionsräume, die Unordnung auf den Schreibtischen, die Schreibmaschinen, die Akten. Dieser Rahmen hätte ihm gefallen. Er betritt das Büro des Köters, schließt die Tür hinter sich, würdigt die Veränderungen.

Vrignot würde sich hier nicht mehr zurechtfinden. Sein Nachfolger hat nicht gezögert, das Mobiliar auszutauschen. Genau genommen nicht die geringste Spur des alten Chefredakteurs mehr. Modernes, Funktionales, Glas und Alu. Massart hat nichts dagegen, er hat sogar Verständnis für den Rausch, der den Köter überkommen haben muß. Die Sorte verstaubtes Oppositionsblättchen ist nicht mehr zeitgemäß.

In diesem Büro, denkt Massart, spürt man, daß man in einem Machtzentrum ist. Das ist gut so.

Fourier darf nur nie vergessen, daß er hier unter dienstlichem Befehl steht. An der Kandare. Den Direktiven der *Bewegung* unterworfen und zu Gehorsam verpflichtet. Solange es nötig ist, nicht sehr lange. Denn was immer der Chef von *Halte!* auch tut, in Massarts Strategie hat er ganz wie sein Vorgänger nur eine einzige Funktion: ein jähes Ende zu finden.

Der große Führer hat die Angewohnheit, leise mit sich selber zu reden.

– Er wird nie eindeutige Beweise finden. Allerhöchstens ein paar zusätzliche Verdachtsmomente. Also an der Grenze zur Diffamierung, und Sinclair hat viele gute Freunde in Rechtsanwaltskreisen.

Ein Attentat auf den Köter dagegen wäre erdrückend. Massart sieht die Schlagzeilen schon vor sich. «Es ist ihnen gelungen, ihn zum Schweigen zu bringen!» Oder auch: «Unser Freund wußte zuviel»... Das wird einschlagen wie eine Bombe.

Schritte.

Ausgerechnet Fourier. Der bleich wird, als er einen breit lächelnden Massart entdeckt, in seinen Sessel geflezt, die Füße auf seinem Schreibtisch.

– Gratuliere, mein Freund. So spät noch bei der Arbeit!

– Ich war nicht darauf gefaßt, Sie hier anzutreffen.

– Es genügt, Sie anzusehen, um sich davon zu überzeugen. Sie scheinen sogar verstimmt.

– Nein, nein. Ich war in Gedanken. Ihr Besuch ist eine Überraschung. Das ist alles.

– Ich dagegen bin entzückt, Sie zu sehen. Für einmal können Sie mir Ihren Bericht live erstatten. Wie weit sind Sie?

Ruhig bleiben, natürlich wirken. Der blöde Wärter hätte ihn immerhin auf den Besuch vorbereiten können! Fourier geht zu dem kleinen Kühlschrank, den er neben dem Safe in einer unauffälligen Ecke hat aufstellen lassen. Whisky, Bier, Fruchtsaft? Der große Vorsitzende hat nichts gegen einen *pure malt*. Er nimmt einen großen Schluck, ohne den Köter aus seinen durchsichtigen Augen zu lassen. Nun?

– Um offen zu sein, ich trete auf der Stelle. Sinclair hat getötet, aber ich fürchte, wir können es ihm nie beweisen.

– Haben Sie seinen Sohn gefunden?

– Ich habe ihn sogar ein bißchen ausgequetscht. Er ist ein Feigling, steht total unter der Fuchtel eines Vaters, den er haßt.

– Die typische Dekadenz der Familie. Er ist ein Hauptzeuge. Er hat alles gesehen.

– Er wird nichts sagen.

– Auch nicht, wenn man ein bißchen nachhilft?

– Gewisse Methoden sind in diesem konkreten Fall vielleicht unangemessen.

– Schon gut, schon gut. Was wollen Sie tun? Etwas erfinden, schnell! Irgend etwas.

– Diese Djemila…

– Ja?

– Wir wissen seit Beginn der Geschichte, daß sie nicht sauber ist. Einer unserer Freunde bei der Polizei könnte es so einrichten, daß er ihre Papiere ein bißchen näher beleuchtet.

Massart ist jetzt sicher, der kleine Fourier hält ihn für einen Idioten. Beweisen, daß die Papiere dieses arabischen Flittchens nicht in Ordnung sind oder sogar komplett gefälscht, was sollte das bringen?

– Das bedeutet mit Sicherheit Scherereien für Sinclair, es beweist nicht, daß er ein Mörder ist. Nun haben wir aber das Ziel unserer Pressekampagne sehr viel höher gesteckt: Es geht darum zu beweisen, daß dieser Mistkerl zwei Menschen erschossen hat. Nicht darum, daß er der illegalen Einwanderung Vorschub leistet oder daß seine Nutte silberne Löffel gestohlen hat!

Wenn Massart bloß aufhören würde, ihn so anzustarren!

– Es ist nicht genial, zugegeben, aber…

– Was?

– Es erlaubt, Zeit zu gewinnen.

– Wem? Sinclair? Oder Ihnen?

Diesmal ist die Drohung offen. Aber keine Panik, Massart kann über das geplante Geschäft nichts wissen.

– Uns allen, sagt der Köter schwach. Eine Methode, die Kampagne zu untermauern. Und außerdem kann es die Beteiligten aufscheuchen, in Bewegung bringen.

– Ich wünsche es Ihnen, mein Freund, sagt Massart und steht auf. Meiner Meinung nach ist es angeraten, daß Sie schleunigst Ihren bemerkenswerten Aufstieg in dieser Zeitung rechtfertigen. Ich betone: schleunigst! (Schweigen, er knöpft seinen Lodenmantel zu) ...und dann sollten Sie sich anstrengen, einen betrüblichen Eindruck aus der Welt zu schaffen, den ich seit einigen Minuten habe. Nämlich, daß Sie mir etwas verheimlichen.

– Sehen Sie...

– Genug für diesen Abend! Die *Bewegung* hat ganz auf diesen Fall gesetzt. Jede Verfehlung kann nur als Verrat ausgelegt werden. Ich empfehle Ihnen, darüber nachzudenken.

Niedergeschmettert lauscht der Köter dem kräftigen Schritt Massarts, der sich über den Flur entfernt. Hinter dem Vorhang bricht der Tag an. Es regnet. Man schreibt Montag. Die bevorstehende Woche kann nur sehr unerfreulich werden.

■

Sinclair:

– Wir haben die Verdächtigen gejagt, aber Männer und Frauen wurden unterschiedlich behandelt. Diese Djemila beeindruckte uns. Wir wußten, daß wir mit ihr einen großen Fang gemacht hatten. Sie war verwundet. Ich habe darauf bestanden, daß man sie nicht mißhandelte. Man sollte mit ihr reden können. Sie überzeugen. In der folgenden Nacht bin ich auf Patrouille gegangen. Das war ein Fehler.

Ein Klingelgeräusch unterbricht ihn. Es ist Barth. Er steht auf der Schwelle, das Gesicht mitgenommen, von Regen überströmt. Auch von Tränen. Er tritt ein. Djemilas Mund verkrampft sich.

Barth setzt sich. Ein paar Minuten später, nachdem sein Zittern sich beruhigt hat, erzählt er seine Geschichte.

■

Jonas sieht sich um, diese Wohnung eines eingefleischten Junggesellen gefällt ihm. Im Laufe der Jahre ist sie sogar ein Zuhause geworden. Bücher, Möbel, angenehm zu sehen, praktisch zu handhaben. Er erinnert sich sehr gut an den Tag, an dem er beschlossen hat, daß er hier sterben würde. Das war der Tag der ersten Warnung. Vor zehn Jahren. Vorher hatte er immer gedacht, das Aus käme vom Herzen, das war nur so eine Idee. Vereitelt im Handumdrehen. Es war ohne Vorwarnung passiert, eine Art leichter Schlag mitten in den Brustkorb, ein wenig dumpf. Eine Atembeklemmung in der Brust. Das würde die Lunge sein, die nachließ. Anschließend über mehrere Tage ein diffuser, hartnäckiger Schmerz. Jonas hatte sich damit abgefunden, ohne seine Gewohnheiten zu ändern. Im Gegenteil und wie eine Herausforderung hatte er das lebhafte Vergnügen wiederentdeckt, eine Camel nach der anderen zu rauchen, dieses herrliche Laster, das er in London zu Zeiten des BCRA[14] angenommen hatte. Dieses Vergnügen hatte den Hauch der verlorenen Unbekümmertheit, der letzten guten Augenblicke. Der Schmerz verschwand, wie er gekommen war. Jonas machte sich nichts vor. Der Countdown hatte begonnen. Nicht der unvermeidliche Niedergang, sondern die Krankheit am Werk. Er beschloß, in Ruhe seine Angelegenheiten in Ordnung zu bringen. Seitdem verbrachte er einen großen Teil seiner Freizeit, indem er Papiere ablegte, andere vernichtete. Er erneuerte sein Mobiliar, kaufte sich einige schöne Stücke, seltene Bücher und nahm sich vor, nur noch die besten Restaurants aufzusuchen. Wie vorauszusehen, kam der Schmerz wieder.

Jonas zündet sich eine Camel an. Er geht hinaus.

■

Der Köter war auf nichts gefaßt in der Rue Quincampoix. Eine friedliche Straße mit viel Betrieb, Leute aller Schichten, die Typen des nahen

Beaubourg. Jonas hat ihn überrascht, indem er ihn beim Arm faßte, Widerstand unmöglich. Panik.

– Was wollen Sie von mir?

– Gehen wir.

– Ist es wegen der Artikel, die ich über Sie geschrieben habe? Das ist lange her, verdammt.

Jonas fühlt sich gut. Er liebt dieses klare Wetter, reingewaschen vom Regen, ein bißchen frisch. Er liebt auch dieses Viertel. Er ist hier geboren, in einer Straße, die nicht mehr existiert. Seit langem zerstört. Noch vor dem Bau des Museums.

– Deine Artikel waren gar nicht so schlecht recherchiert. Wir sind tatsächlich ein paar alte Haudegen, die auf dem Sprung geblieben sind.

Trotz seiner Angst stellt der Köter das Tonband an, ein reiner Reflex.

– Ich verstehe nicht.

– Es scheint, du hast vor, das persönliche Tagebuch von Sinclairs Sohn zu veröffentlichen.

– Das habe ich wirklich vor, es sei denn…

– Nichts dergleichen.

Jonas übt sich schon seit langem nicht mehr in irgendeinem Kampf. Er hat das Geheimnis dieser kleinen gemeinen Griffe bewahrt, die man mit zwei Fingern machen kann, während man aussieht, als dächte man an etwas ganz anderes. Der Köter verzieht das Gesicht vor Schmerz. Sie gehen in Richtung Forum.

– Was fällt Ihnen ein, Herrgott nochmal!

– Eine Erpressung von Sinclair wird es nicht

geben, sagt Jonas mit freundlichem Lächeln. Auch keine Veröffentlichung. Nichts. Das ist ein Befehl.

– Daß ich nicht lache! erkühnt sich Fourier. Wenn Sie auch nur das Geringste gegen mich unternehmen, wird das Geständnis von Barth augenblicklich an die Öffentlichkeit gebracht. Ich habe meine Vorsichtsmaßnahmen getroffen.

– Das kann ich mir denken, sagt Jonas beschwichtigend. Und das wird bestimmt eine sehr häßliche Affäre. Aber du wirst nicht mehr da sein, um die Schäden zu besichtigen.

– Was wollen Sie damit sagen?

– Wenn du den kleinsten Fetzen von Barths Papieren benutzt, bist du ein toter Mann. Tot, verstehst du? Liquidiert, von mir. Ich denke, du weißt, daß ich ein bißchen Erfahrung habe.

– Die Unterlagen, die ich in Sicherheit gebracht habe, ziehen Sie bis zum Hals mit hinein. Sie würden auf der Stelle festgenommen.

– Ohne jeden Zweifel, du Schlaumeier. Aber ich betone, du wirst tot sein.

Der Köter hat das Beaubourg-Viertel stets gehaßt. Das zur Schau gestellte Röhrenwerk[15] erinnert ihn an das Ende der Regierung Pompidou. Das ist krankhaft bei ihm.

– Deine Nachforschungen über mich waren nicht schlecht, fährt Jonas fort. Ich habe eine ganze Menge alte Halsabschneider erledigt. Nicht so viele wie du denkst, aber eine ganze Menge durchaus. Es braucht manchmal Zeit, doch ich verfehle meinen Mann nie.

– Diesmal wäre Ihr Leben kaputt.

– Unwichtig. Das ist es so oder so. Ich werde dir etwas anvertrauen: Medizinisch betrachtet bin ich unheilbar krank.

Ein behäbiger, ruhiger Mann, sogar mit einem Bäuchlein unter dem Zweireiher Marke Old England... Wenn der Köter auch nur auf den Gedanken käme, sich von dieser Faust zu befreien, die ihm freundschaftlich den Unterarm tätschelt, er würde schreien vor Schmerz. Der Alte kennt alle Tricks. Eine Tötungsmaschine, unbestreitbar.

– Sinclair, Djemila, Barth! Ist Ihnen egal, was denen passieren würde?

– Du bist mir nicht sympathisch, aber dein Schicksal liegt mir sehr am Herzen. Massart wird entzückt sein, einen Märtyrer zu haben. Ich werde dafür sorgen. Man wird um dich weinen. Zweifellos wegen einer Kugel im Bauch oder auch zwei, die Sorte, bei der es lange dauert, bis man daran krepiert. Eine einzige Anspielung auf Barths Tagebuch, und ich übernehme es, dich so übel wie möglich zu erledigen.

– Aber...

– Du vergißt die Dummheiten, die der Junge aufgeschrieben hat, oder ich töte dich.

– Einverstanden, sagt der Köter geschlagen.

Jonas hält ihn nicht zurück. Aus vielerlei Gründen ist der Fall von seinem Standpunkt aus erledigt. Er befürchtet, der Mann, der sich da entfernt, ist schon ein toter Mann. Ein nützliches Opfer, wie Vrignot... Die Idee ist ihm ganz spontan gekommen. Lenin hat gesagt, daß es bei jeder

Konfrontation «nützliche Idioten» gibt. Auch Massart muß davon überzeugt sein. Eine peinliche Perspektive für Sinclair und Djemila. Die letztlich nur haben werden, was sie verdienen.

Fourier weiß nicht so genau, wohin er geht. Er bewegt sich fort, verstört, fast schwankend, Angst im Magen, daß ihm fast übel wird. Jonas ist verrückt geworden. Es wäre falsch, seine Drohungen nicht ernst zu nehmen.

Gedränge in der Rue Rambuteau, Saint-Denis. Er stößt ab und zu mit Passanten zusammen, bringt vage Entschuldigungen hervor, man hält ihn für betrunken. Der Köter ist einfach unfähig, sich klarzumachen, daß er beschattet wird, auf Schritt und Tritt, seit er heute morgen seine Wohnung verlassen hat. Und nicht nur von Jonas.

Nachdenken! Er müßte sich Zeit nehmen für eine Bestandsaufnahme, in aller Ruhe, gegen die Monster: Sinclair, Massart. Gegen diesen Killerbullen. Einen Ort zum Nachdenken finden. Ohne groß zu überlegen, betritt er eine Peep-Show, läßt sich in der Kabine nieder, wirft die unerläßlichen Münzen ein. Licht.

Auf der Drehbühne verrenkt sich ein Mädchen ohne Überzeugung. Mager, schlaffe Brust. Der Köter sieht sie kaum an. Sinclair wird nicht auf die Erpressung eingehen, das steht fest. Nebenfrage, nicht gelöst: Sehen die Weiber die Kunden eigentlich? Inwieweit handelt es sich um Einwegspiegel? Es gibt keine Spur von dem Erpressungsversuch. Außer dem blöden Tonband, das er schon längst hätte vernichten sollen. Nachher wird er es tun. Die Rückkehr in Massarts Schoß drängt sich auf. *A priori* kein Problem.

Das ist es. Das Tagebuch von Sinclairs Sohn wird dem obersten Chef eingehen wie Milch und Honig. Die Drohungen von Jonas? Massart wird sie ernst nehmen, als echter Haudegen kennt er die Musik. Er wird verstehen, daß Fourier sich für ein paar Wochen absetzt, wird ihm sicher sogar einen Leibwächter stellen. Im übrigen wird der alte Bulle nicht allzu lange gefährlich sein. Man dürfte sehr schnell ermitteln können, daß er es war, der Sinclair geholfen hat, die Leichen verschwinden zu lassen. Daher entschließt sich der Köter, sich für das Schauspiel zu interessieren. Er atmet freier. Findet das Mädchen sogar hübsch.

Die beiden Typen draußen werden ungeduldig. Jeans, Anoraks. Anfang vierzig. Sie haben nichts gegen Porno, außer wenn es bei Versammlungen von der Tribüne herab angeprangert wird (Sittenverfall, Lobpreis der Familie etc.). Was sie nicht mögen, ist, sich die Beine in den Bauch zu stehen.

Endlich kommt der Köter heraus. Nicht auf das kleine Vergnügen verzichten, ihn ein paar Schritte vom Sex-Shop entfernt zu überraschen. Kräftiger Schlag auf die Schulter. Er errötet heftig.

– Die Untersuchung bewegt sich in unerwartete Richtungen, möchte man meinen.

– Verdient sich Sinclairs Nutte in diesem Puff ihr Taschengeld? Ein echter Knüller!

Er kennt sie vom Sehen, nicht dem Namen nach. Starke Kerle. Nicht vom eigentlichen Ordnungsdienst. Von der Prätorianergarde, wie man bei der *Bewegung* sagt. Wenn man allerdings unter sich ist und sich gehenlassen kann, nennt man sie gern: die SS. Die unübertroffenen Champions bei sämtlichen handfesten Wahlkampagnen, die Spezialisten für Säuberungen bei Versammlungen in feindlichem Milieu. Wie haben sie ihn gefunden?

– Der Vorsitzende verliert seine kleinen Soldaten nie aus den Augen. Sie sollen sich nicht verlaufen.

– Er möchte dich so bald wie möglich treffen.

Da stimmt etwas nicht! Sie beschatten ihn zwangsläufig schon seit Stunden. Schon vor Jonas. Wenn Massart sie schickt, dann weil…

Wieder das häßliche Bild von Vrignot, nach der «Strafe».

– Es geht dir wohl nicht gut. Bist du sauer, weil wir dich da überrascht haben? Unnötig. Selbst ein Köter hat das Recht auf Vergnügen.

– Nur daß es jetzt Zeit wird. Der Vorsitzende wartet nämlich nicht gern.

– Warum habt ihr mir nicht früher Bescheid gesagt?

– Weil wir neugierig waren, wie ein Artikelschmierer seine Tage verbringt. Gehen wir.

Fourier möchte Reißaus nehmen, sie stehenlassen, aus der Schußlinie verschwinden. Wenigstens für ein paar Stunden. Bis ihm etwas eingefallen ist. Ihm ist noch immer etwas eingefallen, er hat sein Leben damit zugebracht. Die Beine versagen ihm den Dienst. Und außerdem hat einer der schrecklichen Typen gleich zu Anfang die Hand auf seine Schulter gelegt und nimmt sie nicht mehr weg. Als wäre er ein guter Kumpel.

– Der Wagen ist ganz in der Nähe.

Ein alter CX, nicht weit von Le Châtelet geparkt. Dermaßen nahe bei seiner Wohnung! Er setzt sich neben den Fahrer.

– Wohin fahren wir?

– Der Vorsitzende hat auf einem unauffälligen Treffen bestanden.

– Was will Massart genau von mir?

– Es ist nicht unser Job, das zu wissen. Aber dir müßte doch eigentlich was dämmern.

Sie fahren Richtung linkes Seine-Ufer, Place de l'Odéon, verschwinden im Parkhaus an der Place Saint-Sulpice, parken in der untersten Parkebene. Eine ausgestorbene Ecke. Der Köter hat nicht einmal mehr Zeit, zu schreien. Wahrscheinlich auch nicht den Wunsch, wozu auch?

■

Algerisches Konsulat, Rue d'Argentine. Nachdem er brav abgewartet hat, bis er an der Reihe ist, betritt Sinclair das Büro. Der Beamte bemüht sich sogleich eifrig um ihn. Ein großer Bursche in Hemdsärmeln und Klubkrawatte stürzt ihm entgegen, die Hand ausgestreckt, betrübtes Gesicht.

– Professor Sinclair, ich muß mich sehr bei Ihnen entschuldigen.

– Warum?

– Aber es ist auch Ihre Schuld, wenn Sie gestatten: Sie waren zu rücksichtsvoll. Ich habe Ihren Visumantrag entgegengenommen, als handele es sich um den irgendeiner unbekannten Person. Ihr Gesicht hat mir schon etwas gesagt, aber… Hier geben sich so viele Leute die Tür in die Hand! Trotzdem, einen guten Freund unseres Landes wie Sie nicht zu erkennen, das ist unverzeihlich.

– Das macht doch nichts. Ist alles in Ordnung?

– Gewiß, gewiß! Aber… darf ich Sie einen Augenblick aufhalten?

– Ja?

Ein mißtrauischer Typ?

– Würden Sie mir die Freude machen, ein Glas mit mir zu trinken?

Eher ein Beamter, der den lieben langen Tag mit Formularen, mit grünen und blauen Pässen umgeht und sich langweilt.

– Warum nicht?

Er macht sich zu schaffen, versucht, ein bißchen Platz auf seinem aktenübersäten Schreibtisch freizuräumen, wühlt in einem Schrank.

– Whisky? Vorzüglich! Ich gehöre nämlich keineswegs zu diesen Spinnern, die den Alkohol verdammen.

Sie stoßen an. Normaler Scotch, keine besondere Qualität.

– Verzeihen Sie meine Kühnheit, lieber Professor. Ich weiß natürlich von der skandalösen Kampagne, die dieser Monsieur Massart gegen Sie führt und… Manche von uns sind sehr beunruhigt. Der Erfolg der *Bewegung*, diese Aufrufe zum Haß sind eine Gefahr für unsere Staatsangehörigen. In gewissen Städten…

– Sie scheinen mich gut zu kennen, Monsieur. Ich meine, daß es in meinem Land zu allen Zeiten Leute gegeben hat, den Massarts Schach zu bieten. Es gibt sie immer noch.

– Glauben Sie?

– Ich glaube auch, daß man sie nicht bekämpfen darf, indem man die gleichen Waffen anwendet wie sie… Im Rahmen des Möglichen.

– Dieser Rahmen des Möglichen ist ein wichtiger Vorbehalt.

– Ich beabsichtige, ein gut Teil der Zeit, die mir bleibt, für den Beweis zu nutzen, daß man ihn erheblich reduzieren kann. Ich gebe zu, das ist eher die Arbeit eines Denkers als die eines Tatmenschen.

– Sie sind beides.

– Ich bin es gewesen, sagt Sinclair niedergeschlagen. So sehr, daß ich weiß, bei wem ich mich bedienen kann. Für ein paar meiner Freunde gleich mit.

– Was wollen Sie damit sagen?

– In meinen besten Kämpfen habe ich nicht immer ganz saubere Methoden angewandt.

– Ihre Überlegungen können nur außerordentlich wertvoll sein.

Ein netter Kerl, geschmeichelt, weil er sich mit einer Berühmtheit unterhält. Will den «lieben Professor» nicht ausnutzen. Er ist schon ganz beschämt, daß er ihm mit diesen idiotischen Formalitäten soviel Zeit gestohlen hat.

Das Risiko muß man auf sich nehmen.

– Was das anbetrifft, eine meiner Freundinnen hat ebenfalls einen Visumantrag bei Ihnen gestellt. Sie ist heute morgen hier gewesen und...

– Der Name?

– Sariat.

– Blauer oder grüner Pass?

– Blau.

– Mal sehen.

Er wühlt in der Kartei, zieht das Dokument hervor, durchblättert es, ohne wirklich hinzusehen.

– Wann ist er abholbereit?

– Nicht nötig, daß Ihre Freundin sich noch einmal auf den Weg macht, sagt der Beamte entzückt. Ich werde ihn gleich stempeln. Diese Visageschichte zwischen unseren beiden Ländern ist dermaßen lächerlich! Bitte sehr.

■

Sich Zeit lassen, aber alles vorbereiten. Das Kommuniqué, die ersten Presseerklärungen.

Die Entdeckung der Leiche ist eine Sache von Stunden. Man muß mit einer Art spontaner, empörter Überraschung reagieren, einer Stimme aus dem tiefsten Inneren. Mit prägnanten Formulierungen.

Massart riskiert ein paar auf dem Papier. Er streicht durch, hält fest, amüsiert sich. «Sie haben unser Herzstück getötet.» «Mit Terror gegen die Tugend.» «Die Kommandos des Anti-Frankreich.» Und andere und schlimmere.

Der Köter hat der Sache einen bedeutenden Dienst erwiesen.

– Wo habt ihr ihn abgeladen?

– Eine Gegend nahe der Place Denfert. Bei den Zeiten heutzutage kann man ihn glatt für einen zusammengebrochenen Penner halten, wenn man nicht zu nah rangeht.

■

Fourier wird das Tagebuch veröffentlichen, davon ist Jonas überzeugt.

■

Barth spielt lange mit der Rasierklinge. Er hat sich sogar die Haut am Handgelenk leicht eingeritzt. Unter dem eiskalten Strahl aus dem Wasserhahn. Man behauptet, schwache Erinnerung an den Lateinunterricht und die alten Römer, das sei weniger schmerzhaft. Es hat ein bißchen geblutet. Genug, damit Barth sich bestätigt sieht: Was passiert, ist schrecklich, und er ist wirklich sehr unglücklich. Sinclair, Djemila und Jonas werden bestimmt einen Weg finden, um die Veröffentlichung des Tagebuchs zu verhindern. Das ist ihr Job. Er dagegen wird für immer diese Narben behalten. Übrigens schneidet er sich schon wieder, na bitte. Eine kleine zusätzliche Geste, ein wenig Druck würden ausreichen. Barth kann nicht so weit gehen, daß er denkt: ein Wille.

Er zündet sich eine Zigarette an, wählt Camilles Nummer.

Niemand.

■

Es gibt einen Flug Paris-Constantine. Abflug in Orly 11 Uhr. Ankunft 13 Uhr 45.

– Den nehmen wir. Wenn du immer noch sicher bist, daß das eine gute Idee ist.

– Es ist jedenfalls die einzige, die mich interessiert, sagt Djemila.

Ein Hotelzimmer am Boulevard Raspail. Djemila hat sich nicht entschließen können, ihr Viertel zu verlassen. Der Schlupfwinkel ist erträglich. Nicht erträglich ist, auf die Straße hinunterzugehen mit der Angst, angesprochen, erkannt zu werden, sich aufs neue fremd und verfolgt zu fühlen.

Dann muß man eben nach da unten zurückkehren. Eine andere Lösung, es gibt immer eine, hätte keinen Sinn.

■

In einer benachbarten Straße regt sich eine jugoslawische Concierge lauthals darüber auf, daß ein Clochard seit heute morgen unbeweglich vor ihrem Gebäude liegt, am Gitter zum Square Ledoux. Sie rafft sich sogar auf und benachrichtigt den Mieter vom ersten Stock, als er an ihrer Loge vorbeigeht. Er macht sich an die Arbeit, er ist Polizist. Es ist schließlich sein Job, Penner zu beschnüffeln.

■

Der Vorsitzende hat sich im Büro des verblichenen Fourier niedergelassen und lauscht dem Bericht seiner beiden Männer. Negativ. Die unauffällige Haussuchung beim Köter hat nichts gebracht. Nicht das allerkleinste Dokument, nicht die geringste interessante Notiz zum Fall Sinclair. Massart ist verstimmt.

Er ist ganz sicher, daß der Journalist ihn in der letzten Zeit belogen hat. Zumindest durch bewußtes Verschweigen.

Sicher nichts besonders Wichtiges, aber genug, um vorsichtig zu sein.

– Man muß sich immer davor hüten, was einer, der im Dreck stochert, hinterlassen kann.

Massart selber hat den Schreibtisch, die Schubladen, die Akten inspiziert. Nichts. Der Köter hat die Möbel mit der rührenden Eile des neuen Besitzers ausgetauscht. Er hat nicht die Zeit gehabt, sich endgültig einzurichten.

– Und der Safe, Herr Vorsitzender?

– Der da?

Der Safe. Ein kleines, schweres, massives Ding, viereckig, von dunkler Farbe und sehr häßlich. Ein Erbstück. Er befand sich bereits in dem Haus, als *Halte!* einzog, und ist fast zu einem Fetisch-Möbel geworden. Selbst der Köter hat es nicht fertiggebracht, ihn wegschaffen zu lassen. Massart erinnert sich nicht, ihn geöffnet gesehen zu haben. Er bezweifelt sogar, daß irgendwer von der Zeitung ihn jemals benutzt hat.

– Man könnte vielleicht einen Blick hineinwerfen, um ganz sicherzugehen.

– Warum nicht?

Der Mann hockt sich nieder. Ein kräftiger Kerl, aber empfindliche Finger und ein feines Gehör. Er dreht an den Stellschrauben, zählt das Klicken unter dem neugierigen Blick seines Chefs. Es macht Spaß, an einem Safe zu spielen, wenn man sich Zeit lassen kann, wenn man genau weiß, daß niemand kommt, um einen blöd anzumachen.

– Nun?

– Das kriegen wir hin. Ein altmodisches Ding. Auf jeden Fall kann ich Ihnen versichern, daß der Mechanismus nicht verrostet und vor nicht allzu langer Zeit betätigt worden ist. Im übrigen… na bitte!

Die Tür öffnet sich, nicht sehr gut geölt, aber ohne Widerstand. In dem kleinen Innenfach mehrere Tonbänder, ein wattierter Umschlag.

– Laßt mich allein, sagt Massart.

■

Der Minister ist wütend. Dem Staatssekretär gelingt es nicht, beschwichtigende Worte zu finden. Es gibt keine.

– Ihr Eindruck?

– Schwer zu entscheiden, ob er von begnadeten Amateuren oder eiligen Professionellen ermordet worden ist. Eine einzige Kugel, im Kopf, großes Kaliber, aus unmittelbarer Nähe abgeschossen. Nach den Zeugenaussagen kein besonderer Lärm in der Gegend zur ungefähren Tatzeit. Er kann sehr gut anderswo umgebracht und dann dort abgesetzt worden sein.

– Ziemlich nahe bei Sinclairs Haus, wenn ich mich nicht irre.

– Stimmt, das ist beunruhigend. Fast zu schön. Tatsächlich hat Fourier sein Leben damit zugebracht, in allen Kreisen Feinde zu sammeln. Er wollte Sinclair ans Leder, aber auch ohne ihn hatte er schon eine beträchtliche Anzahl auf seiner Liste.

– Das hilft uns wenig, unterbricht der Minister. Die *Bewegung* wird einen Märtyrer aus ihm machen.

– Das liegt auf der Hand. Solche Geschichten sind das Beste, was ihr passieren kann.

– Versuchen wir, ein paar Stunden Zeit zu gewinnen, indem wir die Presse nicht sofort benachrichtigen. Haben Sie etwas auf dem Herzen?

– Wenn man so will, sagt der Staatssekretär nachdenklich, Sinclair und diese Djemila sind unauffindbar. Seit mindestens vier Tagen ist Jonas nicht mehr in seinem Büro aufgetaucht.

Sinclair im Flugzeug. Marseille ist überflogen. Das Meer unter ihnen ist von so eindrucksvollem Stahlblau, daß es an Kitsch grenzt. Er erzählt:

– Ein Ausweichmanöver? Vielleicht. Es war eine Routinepatrouille, ein bißchen dazu gedacht, die Männer zu beruhigen. Die Spannung war sehr groß. Man befürchtete ein Kommandounternehmen, das die Gefangene befreien sollte. Es gab lebhafte Diskussionen bei uns, welche Haltung einzunehmen wäre. Entsprechend uneinig waren wir auch. Der Führungsstab hatte sich wohlweislich gehütet, uns allzu genaue Anweisungen zu erteilen. Ruhe und Ordnung sollten wiederhergestellt werden. Ich bin mit den Männern aufgebrochen, eine nächtliche Mission, und habe die Frau in ihren Händen zurückgelassen. Nachträglich kann man sagen, was geschehen ist, war vorauszusehen. Ich weiß nichts darüber, heute noch nicht. Auch wenn heute alles so viel einfacher aussieht. Es kam zu einem Zusammenstoß. Der Wind war eisig. In der Hochebene herrschte zu dieser Jahreszeit ein besonders hartes Klima. Kugeln pfiffen durch die Nacht, prallten an den Steinen ab. Als wir im Morgengrauen zurückkamen, fehlten zwei meiner Männer beim Appell. Ich habe meinen Bericht geschrieben und bin dann ins Kasino gegangen. Da waren die anderen Offiziere. Ich habe sofort begriffen, daß deine Mutter gestorben war. Und unter welchen Bedingungen.

■

Allein in seinem Büro an der Rue du Louvre, schäumt Massart immer noch vor Wut, ein Schuß Hochstimmung ist auch dabei. Das kleine Miststück wollte ihn auf ganzer Linie überholen! Alles liegt vor ihm ausgebreitet: die Geständnisse des Jungen, die Tonbänder des Köters, darunter auch das Band, das seinen Erpressungsversuch festhält, die Fotos, die er während seiner Beschattungen gemacht hat, Sinclair, seine Djemila, der Junge mit der Desgrelles-Tochter, die Artikelentwürfe für den Fall der Veröffentlichung von Barths Tagebuch. Alles!

Dreckskerl! Als ob man Massart hintergehen könnte. Und wenn man sich vorstellt, daß er beinahe Skrupel gehabt hätte, ihn beseitigen zu lassen. Jedenfalls so bald. Aber seine Eingebung hat ihn nicht getäuscht. Der Sinn für den richtigen Augenblick, das ist es, was die Chefs ausmacht. Zu einem besseren Zeitpunkt konnte der Köter gar nicht verschwinden. Der Vorsitzende sieht schon jetzt die Kampagne, den Riesenskandal, die Brandungswelle, die alles hinwegfegen wird.

«Man tötet einen unserer Freunde, den besten Journalisten der *Nationalen Erneuerungsbewegung*. Hier, was er uns enthüllen wollte!»

Der Sohn von einem Gutbetuchten ein Mörder. Geschützt von seinem Vater und dessen Netz von Handlangern, den gleichen, die seit vierzig Jahren ungestraft ihr Vaterland verraten.

Massart hält es nicht mehr aus. Die Katastrophe wird sie mitreißen, all diese intellektuellen Wölfe im Schafspelz, die Brices, die Lucas', ihre bestochenen Kumpane, ihre Komplizen bei der Partei. Alle bespritzt, überschwemmt vom Schlamm! Er, er wird der Staatsanwalt sein, der Mann, der stets die wahren Feinde beim Namen genannt, ihre Verbrechen angeprangert hat. Der unentbehrliche Chef für die Wiederherstellung der Ordnung. Der Führer...

Lieber Köter, wie schade! Die Reportage über die grandiosen Beerdigungsfeierlichkeiten, die dir die *Bewegung* bereiten wird, kann nicht deiner Feder entspringen.

Schön wird es sein. Versprochen.

Das Telefon klingelt. Die Direktleitung, deren Nummer Massart nur einigen wenigen Gesprächspartnern (und einigen Frauen) persönlich mitteilt. Hallo? Eine neutrale Stimme.

– Guten Tag, Herr Vorsitzender. Ein gemeinsamer Freund hat mich beauftragt, Ihnen die folgende Information durchzugeben. Ein Hund ist tot auf einer öffentlichen Straße gefunden worden. Die Nachricht wird in ein paar Stunden bekanntgegeben. Aufrichtiges Beileid.

– Ich danke Ihnen.

Er legt auf. Alles läuft glänzend. Der Herr Innenminister ist von ausgesuchter Höflichkeit und von untadeliger Vorsicht am Telefon. Und jetzt ans Werk.

Massart räumt die Hinterlassenschaft des Köters sorgfältig in seinen persönlichen Safe. Ein erheblich widerstandsfähigeres Möbelstück als die Fetisch-Sparbüchse bei *Halte!*.

...Plötzlich ein unangenehmes Gefühl.

Der Eindruck, eine Kleinigkeit vergessen zu haben. Ein Detail. Was?

Unwichtig. Er hat zu tun. Die Tagesordnung verlangt den Angriff. Massart ist nicht der Mann, sich mit Details abzugeben.

■

Barth dämmert in seinem Bett im Novitel-Forum vor sich hin, als er in den 13-Uhr-Nachrichten vom Mord an Fourier, dem Chefredakteur von *Halte!*, erfährt. Der Journalist auf dem Bildschirm erinnert an die letzten Fälle, die die Aufmerksamkeit dieses (er kneift den Mund leicht zusammen) «Kollegen» erregt hatten.

Rasch wechselnde Bilder vom Square Ledoux, Kreidespuren auf dem Asphalt, Porträt des Opfers, kurzer Überblick über ein paar jüngere Titelseiten von *Halte!*. Sie werden ohne Kommentar gezeigt, auf einer ist Sinclair abgebildet.

Das Wetter, dann der Ministerrat.

Barth versteht gar nichts mehr. Es sei denn, sie sind verrückt geworden, Sinclair und sein Kumpel von der Polizei!

Hier kann er nicht mehr bleiben. Jedenfalls nicht mehr lange. Ein etwas unauffälligeres Obdach finden und abwarten, welche Wendung die Dinge nehmen. Camille benachrichtigen. Er fühlt sich müde. Er hat nicht mehr allzu viel Zaster. Barth hätte fast Lust zu schreiben, um sich all sein Elend zu erzählen. Ein zweites Mal.

■

Der Schmerz in der Brust ist da, noch bevor Jonas die Neuigkeit hört.

Also haben sie ihn getötet. Was für eine unverzeihliche Dummheit, daß er diesen Handstreich nicht vorausgesehen hat. Nach der Abreibung für Vrignot lag Massarts Logik doch klar zu Tage. Jetzt haben sie ihn, ihren wahren Märtyrer, ihren Diener, auf dem Altar der Sache geopfert.

Während er die Nummer des Hotels Panoramique in Constantine wählt, blickt Jonas sich in seiner Wohnung um. Ein Zimmer, ein Zufluchtsort, an dem es sich gut leben und nachdenken läßt. All die Dinge, die er liebt und die er zusammengetragen hat. Alles wohlgeordnet.

■

Rings um Massart ist die Parteispitze vollzählig versammelt. Ein Stab, in dem er eines Tages diverse Säuberungen vornehmen muß, der aber im Augenblick mit dem unerläßlichen Minimum an Wirksamkeit funktioniert.

Der Vorsitzende hat es nicht für notwendig gehalten, sich groß auszulassen über das, was man ihm von Fouriers schrecklichem Tod erzählt hat, ebensowenig wie über den gewaltigen Schmerz, den er verspürt, wie sich ja jeder denken kann.

– Angesichts dieses Dramas ist unsere Verantwortung enorm, fährt er rasch fort. Ich schlage vor, dem wie folgt Rechnung zu tragen.

Lagebesprechung. Die Liste wird abgehakt.

Zunächst der persönliche Kummer. Fourier war ein Freund, ein aufrichtiger Kamerad, ein richtig guter, netter Kerl, der in allen Kreisen Freunde hatte («Bringt eure persönlichen Anekdoten in die Interviews ein, betont den menschlichen Aspekt, der die Tränen ins Auge treibt»). Danach die Besorgnis des Republikaners (jawohl!) («In welchem Zustand ist mein armes Vaterland, wenn man hier die besten seiner Bürger ermorden kann?»).

– Sollen wir das wirklich sagen? sträubt sich der Vizepräsident der Parlamentsfraktion.

– Unbedingt, verkündet Massart. Und vergeßt nie zu ergänzen, daß Fourier aus außerordentlich bescheidenen Verhältnissen stammte, ein kleiner, zäher Bursche, aus eigener Kraft hochgekommen etc. Kurz und gut, ein Sohn des Volkes. Erinnert auch daran, daß er ein hervorragender Schreiber war, allgemein anerkannt, selbst bei seinen Gegnern.

Schließlich als selbstverständlich unterjubeln, daß dieser Journalist, der sich vom Verlauf der Ereignisse nicht beeindrucken ließ, nach Abschluß einer langen und gefährlichen Untersuchung («Beharrt darauf») im Begriff war, aufsehenerregende Enthüllungen zu liefern. Seine Suche nach der Wahrheit hat er mit dem Leben bezahlt. Er war ein Kämpfer.

– Gibt es denn wirklich Enthüllungen?

– Dafür verbürge ich mich, sagt Massart. Sie sind gewaltig und werden die zweite Stufe unserer Rakete bilden. Nichts drängt uns. Der Tod des Köters ist schon jetzt ein glänzendes Kapital, das wir aufs beste zu verwalten haben. Und wir haben genug Stoff, es profitabel zu machen. Sind wir uns einig?

Unschlüssigkeit.

– Hm…! Falls diese Todeskommandos tatsächlich existieren… vielleicht sollte man Vorkehrungen treffen, um unseren Vorstand, unsere Fraktion zu schützen.

– Hat etwa einer von euch Angst?

Getöse. Nein. Nein.

– Dann ist ja wohl alles gesagt. Einige Journalisten erwarten mich, wegen der ersten Presseerklärungen, solange die Gemüter noch erhitzt sind. Laßt ein paar Stunden verstreichen, bevor ihr euch eurerseits über den Rundfunk äußert. Es ist in unser aller Interesse, daß die Bewegung mit einer Stimme spricht, nicht wahr?

Man zerstreut sich. Gefolgt von seiner rechten Hand, Sekretärin - Pressereferentin - etc., verschwindet Massart in einem kleinen Nebenzimmer. Ein alter Trick.

– Sie waren perfekt, Herr Vorsitzender.

– Lauter aufgescheuchte Hühner, die nichts begreifen, brummt Massart. Was ist vorgesehen?

– Rundfunk, Fernsehen, jede Menge Anfragen nach Exklusiv-Erklärungen. Ich habe Ihnen die Termine zusammengestellt. Der Chauffeur steht bereit.

– Sehr gut. Setz ein Kommuniqué für AFP auf, daß das Sekretariat auf Wunsch seines Vorsitzenden eine Schweigeminute zum Gedenken an... etc. eingelegt hat.

– Ist schon passiert.

Der Sessel. Massart erholt sich ein bißchen. Halb Boxer vor der großen Runde, halb Schauspieler vor dem Auftritt. Der Spiegel zeigt ihm das Bild, das ihm gefällt. Straffe Gesichtszüge trotz seines Alters, ein Blick, den die Kontaktlinsen genau in der richtigen Schattierung aufhellen. Kurzes graues Haar, die Perücke ein Meisterwerk. Genau die gleiche wird er noch einmal in Auftrag geben, nur daß sie besser den Schweiß absorbieren muß.

– Und die Schminke?

– Du begleitest mich und kümmerst dich darum. Ich habe überhaupt kein Vertrauen zu den blöden Weibern in der Regie.

Er wird gewinnen. Er weiß es. Von jetzt an kann man gegen ihn nichts mehr ausrichten. Der

Spiegel, umgeben von gnadenlos leuchtenden Glühlampen, zeigt Massart nur dies: das Gesicht eines Chefs.

■

Durch das große Glasfenster im Saal des Restaurants fällt der Blick auf eins der Täler der verwirrenden Stadt Constantine. Der Pont de Sidi-Rached mit seinen 27 Bögen, die Baustellen, die alten Gebäude und die tiefer gelegenen neuen Häuser. Eine Art erstarrte Konvulsion, eingehüllt in weißlichen Nebel. Seit dem Flughafen hat Djemila fast nichts gesagt, Sinclair ist ans Telefon gegangen. Er hört, was Jonas zu berichten hat. Was er über den Tod des Köters weiß. Das Unerwartete.

– Von seinen Kameraden erschossen?

– Ganz offensichtlich. Nach meiner Ansicht ist mit einem literarischen Nachlaß zu rechnen.

– Das denke ich auch, antwortet Sinclair. Ich danke dir für deinen Anruf.

– Wir werden sicher nicht mehr sonderlich oft Gelegenheit haben, miteinander zu reden.

– Das glaube ich. Sagen wir, ab jetzt heißt es, jeder für sich.

– Wie lautet dein Programm?

– Tourismus. Das Constantinois ist eine schöne Gegend. Ich hatte schon lange Lust, hierher zurückzukehren.

– Ich verstehe, sagt Jonas. Willst du nicht hören, wie es deinem Sohn geht?

– Hat er irgend etwas Interessantes zuwege gebracht?

Schweigen am Ende der Leitung. Wie soll man so schnell über diesen rätselhaften Barth reden.

– ...offen gestanden nein. Zumindest nicht nach unseren Maßstäben. Wir sind vielleicht ungerecht.

– Mit Sicherheit.

– Eine letzte Sache, Sinclair... Für den Fall, daß es dir in den Sinn kommt, deine Version der Dinge darzulegen: Falls du es für notwendig hältst, zögere nicht, meine bescheidene Mithilfe zu erwähnen.

– Ich danke dir. Das wird nicht erforderlich sein.

– Das wär's dann, okay?

– Ich umarme dich.

Und das sagt er in der Tat zum ersten Mal. Jonas legt auf. Weil sie sich alles gesagt haben. Weil er Lust hat zu weinen, zum ersten Mal, seit dieses Mädchen, das er liebte, tot ist, niedergemäht von einem Feuerstoß ein paar Tage vor der Befreiung von Chartres.

■

Man lehnt keinen Anruf von Raoul Desgrelles ab. Aus Prinzip nicht und vor allem nicht, wenn man sich zu den 20-Uhr-Nachrichten von TF1 begibt. Aus dem Fond seines CX nimmt der Vorsitzende das Gespräch entgegen.

– Mein Beileid, lieber Freund. Ich habe soeben erfahren…

– Ich bin gerührt über Ihre Sympathiebekundung, unterbricht Massart in Hochform. Ich nehme nichtsdestoweniger die Gelegenheit wahr, Sie darauf hinzuweisen, daß Barthélemy Sinclair, der zwischenzeitliche Liebhaber Ihrer Tochter, ein Mörder ist.

– Barthélemy?

– Aber ja, was wollen Sie! Jugendliches Ungestüm, Angst, Faszination der Waffen. Er hat getötet. Bevor Fourier starb, ist es ihm gelungen, das schriftliche Geständnis in die Hand zu bekommen. Wir werden es natürlich veröffentlichen. Es gibt auch ein paar Fotos.

– Genauer bitte.

– Wir müssen sein Verhältnis mit Ihrer Tochter nicht zwangsläufig erwähnen. Eigentlich frage ich mich… Sind Sie gewillt, ja oder nein, offiziell unserer Bewegung beizutreten? Den Platz an der Spitze einer meiner Listen einzunehmen?

– Camille liiert mit einem Mörder, sagen Sie?

– Fourier glaubte es. Aber wenn es darum geht, seine Hypothesen Ihrer Überzeugung gegenüberzustellen, dürften Sie leicht erraten, wem ich den Vorzug gebe.

– Ich verstehe. Ich bin Ihnen dankbar für diese Informationen, von denen ich annehme, daß sie absolut vertraulich sind. Betrachten Sie meinen Beitritt als gesichert.

– Meinen herzlichsten Dank, lieber Freund. Beabsichtigen Sie, Ihren Entschluß mit einer sozusagen offiziellen Erklärung bekanntzumachen?

– Sie würden es für vorteilhaft halten?

– Unbedingt. Aber ich weiß, daß Sie sehr beschäftigt sind. Ich schicke umgehend einen meiner Sekretäre, der Ihnen den Entwurf eines Kommuniqués vorlegen wird. Sie brauchen nur noch zu unterschreiben. Grüßen Sie Ihr Fräulein Tochter von mir.

An die Kandare! Und das ist erst der Anfang.

■

In seinem Büro bei der *Tribune* legt Brice den Hörer auf. Er ist niedergeschmettert.

Sinclair hat ihm keinerlei Handlungsspielraum gelassen. Er muß den Text, den er ihm anvertraut hat, seine Geständnisse, veröffentlichen. Brice hat sich verpflichtet, hat es versprochen. Er wird die Wünsche seines Freundes erfüllen, selbst um den Preis verheerender Konsequenzen.

Und sie werden es sein, für jeden. Für Sinclair und alle, die ihn bei seinen Kämpfen begleitet haben. Ein Dilemma! Ein gräßliches Dilemma!

Sehr schnell denkt Brice an die Zeitung. Die Veröffentlichung dieses katastrophalen Exklusivberichts wird die *Tribune* sicher vor Anschuldigungen schützen, sie übe allzu große Nachsicht gegenüber Sinclair. Zumindest in der Öffentlichkeit. Insgeheim wird der Zweifel bei vielen Lesern weiterbestehen. Wie immer der Text genau lauten wird, man muß ihm stichhaltige und möglichst nicht zu defensive Erklärungen zur Seite stellen. Warum zieht dieser Schweinehund sie alle in sein Unheil?

Eine Zeitlang spielt Brice mit dem Gedanken, überhaupt nichts zu veröffentlichen, die Dinge von Seiten Massarts auf sich zukommen zu lassen. Nein. Das ist idiotisch. Sobald Sinclair die Nichteinhaltung des Versprechens registriert, wird er einen entsprechenden Text an *Le Monde* oder *Libération* durchgeben. Wenn das Ganze schon stinkt, kann man die Sensation ebensogut selber herausbringen.

Brice bestellt seinen Chefredakteur zu sich, kündigt ihm an, daß für die nächste Ausgabe mit einigen erheblichen Veränderungen gerechnet werden muß. Dann versucht er Jonas zu erreichen. Am anderen Ende der Leitung meldet sich niemand.

■

Sie sind ein bißchen in der Stadt spazierengegangen, nicht lange, sind im Taxi herumgefahren, bis zum Stadtrand und den schwindelerregenden Schluchten des Rhumel vorgedrungen. Sie haben den Pont des Chutes überquert. Djemila besucht und beobachtet alles mit einer gewissen Gleichgültigkeit. Sie hat darauf bestanden, noch einmal in die Rue Che-Guevara zu fahren, bis vor ihr Haus.

«Ihr Haus». Ein abgedroschener, dummer Ausdruck, der sie zum Lachen reizt.

Als sie die Vorderfront passieren, hat sie den

Chauffeur gebeten, etwas langsamer zu fahren.

Nichts hat sich verändert seit dem 12. Mai 1978, als sie am Arm ihres Bruders fortging, der sie in den Wagen gesetzt hat. Sie, stumm, furchterregend mager, mit starrem Blick. So krank, daß alle Spezialisten ratlos waren. Das große weiße Haus mit seiner halb hinter den Pinien verborgenen Terrasse sieht immer noch genauso trostlos und scheußlich aus. Sie hat das Fenster ihres Zimmers wiedergesehen, die Vorhänge waren zugezogen.

Sie sind da, in Hörweite. Ihr Bruder Ali, den sie zum Narren gehalten hat, wird in seinem Büro über seinen Plänen, seinen Architektenzeichnungen sitzen. Drei hohe Fenster in der zweiten Etage. Die alte Tante Malika, gebrechlich und dumm, gibt ihre Anweisungen für das Abendessen. Die Schwägerin Yashmina, eine gehorsame, unterwürfige Gebärmaschine, beschäftigt sich mit tausend kleinen Aufgaben, die das Glück aller ausmachen. Die Kinder quengeln.

In diesem Haus hätte Djemila glücklich sein können, wenn sie gewollt hätte.

– Und wenn einer herauskommt, dich wiedererkennt?

– Sie würden mich nicht sehen. Sie suchen mich nicht mehr. Für sie bin ich gestorben.

Sie will mit Sinclair nicht darüber reden. Nicht, weil er es nicht verstünde, sondern weil sie ihm nichts Besonderes zu sagen hat, weil sie es ihm schon gesagt hat.

■

Ein langsames Ersticken. Ohne erkennbaren Grund.

Es war unabweisbar geworden, sie konnte hier nicht länger leben, eingesperrt inmitten ihrer Angehörigen. Vielleicht wegen ihrer Mutter, über die sie niemals wirklich mit ihr hatten reden wollen, vor allem Ali nicht. Als ob er fürchtete, sein eigenes Schicksal mit dem seiner Schwester zu vergleichen.

Ouria entdeckte, daß diese Familie überhaupt kein Gespür für sie hatte, daß sie selber sie haßte, mit ihnen nicht mehr sprechen konnte. Also verstummte sie. Ein Widerstand, der schnell zu einer Taktik wurde. Einem System. Kein Wort mehr und nicht das geringste Interesse mehr am häuslichen Leben. Ali wunderte sich, glaubte an eine vorübergehende Auflehnung, versuchte sie zur Vernunft zu bringen. Vergeblich. Im Gegensatz zu Ourias Befürchtungen zeigte ihr Bruder keinerlei Zorn. Er war traurig und machtlos. Was wollte sie?

Ouria nahm immer weniger zu sich, magerte zusehends ab. Es kam sogar so weit, daß sie nicht mehr zur Universität ging, ihrem einzigen Freiraum.

Vielleicht hörte die Simulation auf, ohne daß Ouria sich dessen bewußt war. Sie wurde wirklich krank und genoß es. Das Schweigen, in das sie sich einschloß, war wie der Beginn eines Abenteuers.

Ali stellte sie Ärzten und Spezialisten vor, in die er offensichtlich nicht das geringste Vertrauen setzte. Keinem von ihnen gelang es, der jungen Frau ein Wort zu entlocken. Sie dachten an französische Kollegen. Oder an eine eventuelle vorübergehende Einweisung.

Mit jedem Tag wurde die Situation unerträglicher. Alis ansonsten völlig unterwürfige Frau konnte ihren Zorn über die «Faulenzerin» einfach nicht ablegen. Freunden und Kollegen gelang es schlecht, ihre Verlegenheit zu verbergen.

«Sag mir, was ich für dich tun kann», wiederholte Ali unermüdlich.

Sie schwieg immer noch, war bis auf die Knochen abgemagert.

Sein Beruf brachte es mit sich, daß er gelegentlich nach Paris fahren mußte. Bei einem dieser Aufenthalte fragte Ali einen Psychiater um Rat. Der erklärte sich jedoch für inkompetent, solange er die Kranke nicht sehen konnte. Ali traf seine Entscheidung. Einen Monat später kam er mit Ouria wieder nach Paris.

Schon am ersten Abend floh sie aus dem Hotel. Sie rief ihn an, um ihm mitzuteilen, daß er sie nie mehr wiedersehen würde, ließ ihm keine Zeit, ein Wort dazu zu sagen. Einige Stunden später, nach einem langen, planlosen Spaziergang durch die Straßen, klingelte sie an Sinclairs Tür.

■

– Weißt du, warum ich in diese Straße zurückkehren wollte? Vor das Haus? Damit ich in deinen Augen etwas normaler aussehe. Diese Dinge gehören sich doch, oder? Die Rückkehr zu den Quellen, den kümmerlichen Resten der Kindheit. Zum Dekor. In Wirklichkeit pfeife ich darauf! Dieses Haus, die Leute, die es bewohnen, lassen mich kalt.

– Seit wann?

– Seit Djemila und dem Treffen mit dir.

– Die Stadt oder deine Mutter?

Sie kann das Lachen nicht zurückhalten.

– Du bringst alles durcheinander, Sinclair-mein-Philosoph! Djemila, das ist ein Name, ein Ort und eine Zeit. Eine Stadt und eine Revolution.

– Die Stadt ist tot.

– Die Revolution ist tot! Was soll's! Ich bin ein Rebell.

Ein Rebell. Wie man früher zu sagen pflegte.

■

Massart genießt diesen Ansturm der hochgereckten Mikros. So glücklich ist er, daß es ihm schwerfällt, ein ernstes Gesicht aufzusetzen.

«Muß ich daran erinnern, daß Alain Fourier ein langjähriger Freund war?»

– Glauben Sie, daß es sich um ein politisches Attentat handelt?

– Für mich gibt es da keinerlei Zweifel.

– Stimmt es, daß Fourier hinter einer ausgesprochen heißen Sache her war?

– Das ist mehr als eine Gewißheit.

– Im Zusammenhang mit dem Verschwinden von zwei Aktivisten der *Bewegung*? Mit dem Tod eines ihrer Freunde? Mit dem Überfall auf Vrignot?

– Lauter Ereignisse, die die Neugier jedes echten Journalisten erregen, geben Sie es zu!

– Es ist viel gemunkelt worden, daß François Sinclair in die verschiedenen Fälle verstrickt ist.

– Niemand ist unfehlbar.

– Hat der Köter... Verzeihung: Monsieur Fourier Dokumente hinterlassen, die für die Justiz interessant sein könnten?

– Diese Hypothese ist nicht auszuschließen.

– Dann bereitet *Halte!* also einen Knüller vor?

Massart richtet sich auf, sein Mund ist verkrampft. Die schlagfertigen Antworten sind nur von begrenztem Interesse. Sie werden nicht durch die Zeitungen gehen. Jetzt empfiehlt es sich, leise zu sprechen, damit die Mikros noch näher herankommen, die Bildeinstellungen so intim wie möglich sind. Damit der Fernsehzuschauer und Wähler auch recht versteht, was seine Worte ihn kosten und daß er sie ausschließlich von Pflichtgefühl getrieben formuliert.

– Ich trauere um meinen Freund Alain Fourier. Das könnte eine Privatangelegenheit bleiben. Im Bewußtsein der Verantwortung, die auf mir ruht, spreche ich die Überzeugung aus, daß durch seine feige Ermordung die gesamte *Bewegung*, die ich verkörpere, getroffen werden soll. Die *Bewegung* der Nationalisten, der moralisch sauberen und auf Wahrheit bedachten Männer, die die

Ehre unseres Vaterlandes ausmachen. Ich denke – und Sie dürfen mir glauben, jedes meiner Worte ist genau abgewogen -, daß Fourier in gewissem Sinne im Kampf gefallen ist. So mancher wird höhnisch lachen, wenn ich sage: wie ein Soldat! Das ficht mich nicht an. Dieser Tod wird nicht, wie leider so viele andere, ein vergeblicher Tod gewesen sein. Man wollte Fourier zum Schweigen bringen. Die Mörder mögen sich nicht zu früh freuen!

Getöse. Schluß. Eine einfache Geste, um Mikros und Tonbandgeräte abzuwehren.

Mehr wird Massart dazu nicht sagen.

Die Tonbandgeräte...

Diese Manie vom Köter, alles aufzuzeichnen. Bastien und der andere haben nichts Besonderes in seinen Taschen gefunden, schön. Kein wirklicher Grund zur Beunruhigung. Ein unangenehmer Gedanke, mehr nicht.

■

Roland Vaguet, 35 Jahre, Kaufmann, ist hochzufrieden, als er erfährt, daß man seinen Wagen am Quai de la Mégisserie wiedergefunden hat. Ein idiotischer Diebstahl. Wer kann sich für eine so alte, klapprige Kiste interessieren?

Er hat seine Aussage noch einmal gemacht, seine Papiere noch einmal gezeigt. Im Kommissariat des 1. Arrondissement haben ihm gereizte Bullen gesagt, wo sich der Wagen befand. Er hat sich ganz allein an Ort und Stelle begeben. Die alte Karre steht vor einem Geschäft, das sich auf den Verkauf von mehr oder weniger gut gehaltenen Tieren spezialisiert hat. Roland Vaguet haßt diese gedrängte Anhäufung von rührenden Tierchen, er vermutet Schwarzhandel, Geschäfte mit den Gefühlen etc. dahinter. Er liebt Tiere. Vor allem Hamster und Waldmäuse.

Die Diebe haben keinen Schaden angerichtet, nicht einmal das Autoradio geklaut, ausgesprochen rücksichtsvolle Leute.

Es ist kaum mehr zu sehen als diese getrockneten bräunlichen Spritzer auf dem Stoff des Vordersitzes, Beifahrerseite. Unauffällig diese Flecken. Die Bullen konnten sie leicht übersehen. Es könnte Blut oder auch irgend etwas anderes sein. Vaguet verzieht das Gesicht, dann inspiziert er sein Eigentum.

Der Inhalt des Handschuhfachs ist unverändert. Die Straßenkarten, die Stablampe, das Schweizer Taschenmesser. Alles ist da.

Unter dem Sitz ertastet er einen unerwarteten Gegenstand. Ein Tonbandgerät. Ein Taschenmodell, das in die hohle Hand paßt. Ein kleines Kunstwerk der Marke Sony. Das ein Schweinegeld gekostet haben muß. Das ihm niemals gehört hat. Eine Kassette ist eingelegt. Vaguet drückt auf die Knöpfe, lauscht.

Nichts.

Klar. Das Band steht auf Ende. Ein Druck mit dem Daumen, der Rücklauf. Ein paar Sekunden lang.

«...und jetzt? Wo ist Massart?

– Nicht ungeduldig werden, Köter. Man könnte meinen, du hast Angst. Saudumm für einen zukünftigen Helden.

– Ich verstehe nicht... Nein! Scheiße, ihr seid übergeschnappt! Ich kann alles erklären! Ich will Massart sprechen, ich...»

Ein Knall. Undeutliches Knattern, der Motor.

Vaguet hält das Band an, betrachtet verdutzt das Gerät.

Ein Scherz? Ein Hörspiel?

Aber was hat dieser Mistkerl Massart darin zu suchen? Er drückt erneut auf die Taste. Der Ton ein wenig verschwommen, aber immer noch gute Qualität.

– Wo setzen wir ihn ab?

– Nicht zu nah, nicht zu weit weg. Der Vorsitzende hat Place Denfert vorgeschlagen.

Reifenquietschen.

– Der Idiot! Er wär mir beinahe reingefahren!

– Halt deine Nerven im Zaum, Bastien. Dies ist nicht der Augenblick für einen Zusammenstoß.»

Danach nichts mehr.

Nichts als ein paar braune Spritzer auf dem Stoff des Beifahrersitzes. Vaguet liest Zeitung. Er haßt, was da auf ihn zukommt.

■

Kaum hat Jonas das Bad verlassen, zündet er sich eine Camel an. Die sechste, seit er aufgestanden ist. Er lächelt. Seine Brust schmerzt. Wie ein

Hammerschlag mitten ins Sternum, ein tiefer Schmerz, bei jedem Atemzug. Eigenartig, wie man sich daran gewöhnen kann.

Er zieht sich an. Weißes Hemd mit seinem Monogramm, eigenhändig gebügelt, strenger Zweireiher, anthrazitgrau, untadelig gewienerte Schuhe. Das allmorgendliche Ritual.

Die Waffe ist in perfektem Zustand. Nur zum Vergnügen nimmt er sie noch einmal auseinander, breitet die Einzelteile auf dem Tuch über dem Küchentisch aus, säubert sie sorgfältig Stück für Stück. Dann schließt er die Augen und baut das Ganze wie gewohnt in wenigen Sekunden wieder zusammen. Als die Trommel geladen ist, braucht er nur noch Massart anzurufen.

Natürlich ist da das Standardhindernis, das Sekretariat, und dann erst die persönliche Sekretärin. Sein Name und sein Dienstgrad haben die Vermittler so beeindruckt, daß er sie in weniger als einer Minute am Apparat hat.

– Verzeihen Sie, Herr Kommissar, aber wir erhalten manchmal unseriöse Anrufe und…

– Ich bin sicher, Massart kennt meine Privatnummer, unterbricht Jonas. Er hat fünf Minuten Zeit, mich anzurufen. Ich warte.

■

Kaum hat Massart die Nachricht vernommen, bringt er den Mitarbeiterstab, der ihn umschwirrt, zum Schweigen.

– Meine Herren, sagt er entzückt, die Ratten kommen aus ihren Löchern. Raten Sie, wer dringend um meinen Anruf bittet! Jonas! Kommissar Jonas höchstpersönlich!

– Was werden Sie tun?

– Seinem Wunsch Folge leisten natürlich. Ich werde doch einem der engsten Waffenbrüder von François Sinclair nichts abschlagen.

Sollen sie alle Zeugen dieses kleinen triumphalen Augenblicks werden. Er nimmt den Hörer ab, wählt die Nummer. Hallo! Eine dumpfe Stimme.

– Massart?

Er antwortet, wie man eine Perlenschnur aufzieht:

– In Person, lieber Kommissar. Was kann ich für Sie tun? Ein Treffen? Welche Ehre Sie mir erweisen. Allerdings bin ich aus Gründen, die Sie unschwer erraten, sehr beschäftigt. Aber vielleicht wollen Sie mich ja gerade wegen dieses schmerzlichen Falles sehen? Ja? Sehr gut. Das müßte sich arrangieren lassen. Ich bin sicher, Sie haben keine Bedenken, am Sitz der *Bewegung* vorbeizukommen.

Wir werden uns hier sehr bequem unterhalten können. Einverstanden? Bis gleich, lieber Kommissar.

Na also, war doch klar. Hätte er ihn aufgefordert, im Hemd zu kommen, er hätte akzeptiert.

Sie haben Angst. Er hat sie in der Hand. Er wird sie zertreten.

■

Ein eleganter kleiner Kasten aus schwarzem Kunststoff mit Tasten, einem Mikro, einem Lautsprecher. Er ist in der Mitte eines riesigen Empire-Schreibtisches aufgestellt, auf halbem Wege zwischen einem rührenden Familienfoto und dem Bündel der neuesten Berichte des Allgemeinen Nachrichtendienstes.

– Wer hat dieses Band abgehört? fragt der Minister.

Der Staatssekretär hat sich bemüht, eine möglichst genaue Liste aufzustellen.

– Der Besitzer des Wagens natürlich. Der diensthabende Inspektor im Kommissariat. Er hat unverzüglich seinem Vorgesetzten Bericht erstattet, dem…

– Die Presse auf gar keinen Fall?

– Auf gar keinen Fall, Herr Minister. Ich darf sagen, daß wir Glück haben. Der Kommissar, der mich von diesem Fund verständigt hat, hätte normalerweise eine Untersuchung einleiten können, ohne uns zu benachrichtigen. Er hat eine Vorsicht walten lassen, die ihn ehrt. Im Augenblick erwähnen die Berichte nur, daß in einem gestohlenen Wagen ein nicht näher bezeichnetes Kleingerät gefunden wurde. Nichts weist darauf hin, daß dies der Wagen ist, in dem der Köter ermordet wurde.

– Der Besitzer des Wagens?

– Das ist ein Problem. Wir müssen sehr schnell eine Haltung gegen ihn (der Staatssekretär korrigiert sich sofort)… ich meine: ihm gegenüber finden. Ich habe mich erkundigt. Er führt einen

Video-Klub. Seine Geschäfte gehen ziemlich schlecht. Man könnte ihn sogar mit ein paar Geschichten über Raubkassetten ärgern.

– Sachte, sachte. So weit sind wir noch nicht. Was beweist uns, daß es sich nicht um einen Scherz, einen Gag handelt?

Rekapitulation.

Es scheint, daß der Köter tatsächlich die Angewohnheit hatte, jede seiner Begegnungen aufzuzeichnen. Eine ausgefeilte Reportagetechnik mit einem sehr leistungsfähigen Gerät. Kein sichtbares Mikro.

– Auf diesem Band, fährt der Sekretär fort, gibt es drei Folgen. Ein Dialog mit Jonas. Sie und ich kennen seine Stimme. Nach den Begleitgeräuschen zu schließen findet er auf der Straße statt. Der Kommissar erwähnt Dokumente und fährt schwere Drohungen auf für den Fall, daß sie veröffentlicht werden.

– Die Sinclair-Affäre?

– Man kann es annehmen.

– Dann kommt diese ziemlich lange, ziemlich ausgefallene Passage, in der eine Frau Obszönitäten von sich gibt, die ganz und gar...

– Haben Sie eine Idee zu dieser Frage? Eine Nutte?

Der Staatssekretär kratzt sich am Hals.

– Nicht ganz. Es läßt eher an diese Einrichtungen... die sogenannten Peep-Shows denken. Wo es solche... äh, Spezialkabinen gibt und...

– Ich verstehe.

– Der Rest hört sich an wie eine Live-Exekution. Einer von Massarts Leibwächtern heißt tatsächlich Bastien. Und dann vor allem…

– Kommen Sie zum Schluß, mein Freund, kommen Sie zum Schluß.

– Ich habe es umgehend untersuchen lassen. Außer den Fingerabdrücken des Wagenbesitzers gibt es auf diesem Tonbandgerät nur die des Köters. Und nur seine auf der Kassette selber.

Ein Tonbandgerät? Wohl eher Dynamit.

■

Ein letzter Rundblick, Jonas schließt die Wohnungstür hinter sich.

Das ist ihm mehrmals passiert. Auf diese Weise mit einem Auftrag wegzugehen, abzuschließen und sich dabei lächelnd zu fragen, ob er zurückkommen wird. Heute ist es anders. Massart wird sterben.

Jetzt die Straße. Es ist schön. Das heißt, für Jonas, ein laues Klima, grau, klebrig vor Feuchtigkeit, der Himmel hängt tief. So liebt er Paris. Er geht in Richtung Square Saint-Jacques, es ist nur ein kleiner Umweg. Einer Erinnerung wegen.

Als er noch ein kleiner Junge war, hatte sein Vater ihn bei einem Spaziergang zu diesem Platz mitgenommen. Er hatte ihm die Geschichte von Nicolas Flamel, von Frau Pernelle erzählt. Dinge über Alchimie und Hochherzigkeit. Er hatte sie nicht besonders gut verstanden, aber es war eine schöne Geschichte, lehrreich, wie sein Vater sie liebte.

Als Erwachsener und bis zum heutigen Tage hat sich Jonas oft gesagt, daß man die Geschichte von Flamel wieder heraussuchen müßte. Das wäre einfach, sie steht in vielen Büchern. Er hat es nie getan. Es hat sich nie ergeben. Andere Dringlichkeiten, andere Freuden. Idiotisch.

Ebenso idiotisch, heute morgen an Flamel zu denken.

Eines Tages hat er mit Sinclair darüber gesprochen. Vom Thema abschweifende Gedanken, die ein paar Minuten vor einer Konfrontation hochkommen.

– Ist dir das nie passiert? Du rückst vor, die Hand umspannt den Kolben, der Finger den Abzug, du liegst auf der Lauer, und plötzlich fällt dir der Pickel ein, den die alte Kurzwarenhändlerin an der Straßenecke auf der Nase hatte. Oder du fluchst, weil du dich nicht mehr daran erinnern kannst, welchen Titel in *Casablanca* Sam auf Bogarts Wunsch noch einmal spielen soll.

– Das ist mir jedesmal genauso gegangen, hatte Sinclair geantwortet. Ich nehme an, das ist es, was man «den Film seines Lebens noch einmal sehen» nennt.

Jonas blickt zum Turm hinauf. Der Sprühregen verschleiert seinen Blick. Er hofft, daß diese Geschichten von der Rückblende eine Legende sind. Es wäre zu hart, alles noch einmal zu erleben, und sei es auch nur für ein paar Sekunden.

Er beschleunigt den Schritt zur Rue du Louvre. Zum Sitz der *Bewegung*.

Eigenartig. Er hat keine Schmerzen mehr in der Brust. Und doch, die Augenblicke der Beruhigung werden seit einigen Monaten immer seltener. Dafür schlägt das Herz schneller. Wie in der guten alten Zeit, als er glaubte, aus dieser Ecke käme die große Leidenschaft. Er zündet sich eine Zigarette an, atmet gierig den ersten Zug ein.

Man hat ihn kaltgestellt, das ist wahr. Aber wie lange schon richtet er es sich selber so ein, daß er jedem gefährlichen Auftrag ausweicht? Wie lange schon montiert und demontiert er eine überflüssig gewordene Dienstwaffe, während er nicht mehr weiß, welche Schläge seine Knochen noch einstecken können?

Wie lange schon weiß er, daß es aus ist?

Er nimmt die Abkürzung über die Rue des Halles. Geht am Novitel vorbei. Stellt sich vor, wie Barth in seinem Zimmer herumsitzt. Armer kleiner Statist, der ungerechterweise in den Sturm geraten ist. Eine Eingebung. Jonas betritt die Halle. Die Rezeption.

Der Mann am Schalter gibt ihm die Bestätigung, der Junge ist immer noch da.

– Nein, sagt Jonas. Ich möchte ihn nicht sehen, nicht nötig, ihn zu stören. Können Sie ihm diesen Umschlag zukommen lassen?

– Selbstverständlich. Soll ich erwähnen, in wessen Auftrag?

– Es steht drin.

Ein Hustenanfall erschüttert ihn. Ein weiterer, noch einer, es hört nicht auf. Auch daran hat er fast Gefallen gefunden. Er geht hinaus. Verläßt dieses Scheißhotel. Verflucht dieses Scheißforum. Diese Unruhe, die ihn befällt, fast ein Zittern.

Dieses unerträgliche Hämmern in seinem Innern. An die Krankheit hat sich Jonas seit langem gewöhnt. Heute morgen entdeckt er, daß er alt ist.

Der Sitz der *Bewegung* ist nur noch ein paar Schritte entfernt.

Am Fuß der Médici-Säule bleibt Jonas stehen. Um wieder zu Atem zu kommen. Um seinen Vorsprung noch etwas auszukosten. Er ist zu früh. Massart erwartet ihn erst in einer halben Stunde. Eine Koketterie das Ganze. Stets ein wenig früher da sein, um den Tatort zu erkunden.

Er kennt den Tatort auswendig. Massart wird seine einfachste Hinrichtung werden!

Dann eine Laune. Er geht am Gebäude der Börse entlang, macht ein paar Schritte, läßt sich an einem Tisch unter dem Vordach des *Pied de cochon* nieder, bestellt ein halbes Dutzend Venusmuscheln und eine Flasche erstklassigen Wein. Dann probiert er.

Während er die Muscheln genießt, mißbilligt Jonas sein empirisches Vorgehen. Hätte er nicht diese präzise Verabredung, er würde sogar argwöhnen, er wolle Zeit gewinnen.

Der Schmerz in der Brust setzt getreulich wieder ein. Er trinkt auf seine eigene Gesundheit.

Woher kommt diese plötzliche Erregung, das Herz, das verrückt spielt und schlägt, als wolle es zerspringen?

– Fehlt Ihnen etwas?

Der Ober ist da, stocksteif, aber das Gesicht aufmerksam und beunruhigt. Ein Unwohlsein?

Diesmal hat Jonas es sich anmerken lassen. Ein furchtbarer, ungewohnter Stich. Da oben. Das ist neu. Niemals ist er vor einer Mission dermaßen hektisch gewesen.

– Kein Problem.

Er hat das schnell genug begriffen. Auf der einen Seite die Untersuchungen, die Analysen, die Stellungnahmen des Arztes, die Warnungen. Auf der anderen die seltsamen Symptome, die merkwürdigen Geschichten, die sich bei ihm einstellen, in keinem Lehrbuch verzeichnet. Vorübergehende Lähmungserscheinungen, befremdliches Zittern.

Diese neue Sache jetzt. Wie ein Dolchstoß, gefolgt von einer wilden Angst im Innern. Die Panik eines Anfängers.

Die Rechnung vor Augen, schreibt Jonas seinen Scheck aus. Eine weit ausholende, ruhige Schrift. Es ist soweit. Nur noch schnell pinkeln gehen, es ist ganz nah.

Jonas geht hinaus. Ein paar Schritte. Er bleibt stehen, seine Züge werden starr. Es ist wie ein gewaltiger Blitz. Ein Durchbohren. Im Herzen. Wie er es immer gewußt hat. Ohne daß irgendein Film abläuft. Er bricht zusammen, stürzt zu Boden.

■

Niemand könnte glücklicher sein als Massart.

Er hört nicht auf, die Verheißungen dieses Treffens auszuspinnen. Wenn Jonas ihn sehen will, dann weil er für Sinclair den Spielraum ausloten will. Ein Geschäft. Er liebt so etwas. Alles ist bereit zum Empfang.

Brennende Neugier aus ästhetischer Sicht: Wie weit ist Sinclair zu gehen bereit, damit die seelischen Befindlichkeiten seines Sohnes nicht veröffentlicht werden?

– Er verspätet sich.

– Er wird viel zu tun haben.

Massart hat einen guten Riecher für den Fortgang der Geschichte. Das Layout der nächsten Ausgabe von *Halte!*, das er gerade gebilligt hat, ist vorzüglich. Das Tonbandprotokoll von der Begegnung mit Jonas wird darin natürlich seinen Platz haben.

Das Telefon.

Dabei hat Massart doch die Anweisung gegeben, von niemandem gestört zu werden.

Außer es handelt sich um Jonas oder (kleines Bonmot) um den Innenminister.

Es ist der Innenminister oder vielmehr sein gewohnter Mittelsmann.

– Unser gemeinsamer Freund wünscht Sie zu treffen.

– Wann?

– In einer Stunde. Das übliche Verfahren.

– Unmöglich. Da bin ich verabredet.

– Streichen Sie das.

– Ist es denn so dringend?

Am anderen Ende der Leitung ist bereits aufgelegt worden.

Das ist unangenehm. Die Verspätung von Jonas, dieser unpassende Anruf des Ministers. Eine Art Warnzeichen. Irgend etwas rumort in einer Ecke der Stadt, und zwar kräftig. Was? Was ist es, was Massart nicht unter Kontrolle hat?

■

Massart weiß, daß es notwendig ist, aber diese Sicherheitsmaßnahmen kosten einen Haufen Zeit. Sie kurven und wenden länger als eine Viertelstunde, die altbekannten Tricks, bis sie nach allen Regeln der Vernunft sicher sein können, daß niemand dem Wagen folgt. Zu komisch nur, daß die eventuellen Verfolger sehr gut die Untergebenen des Mannes sein könnten, den Massart treffen wird! Der Chauffeur ist daran gewöhnt.

Die Limousine erwartet ihn am vorgesehenen Ort, Place des Victoires. Massart steigt in den anderen Wagen um.

Ein gemütlicher Fahrgastraum. Es ist unbestreitbar angenehmer, geheime Treffen zu organisieren, wenn man über die Logistik eines Ministeriums verfügt. Massart wird es schon auch noch genießen. Eine Zeitfrage. Alles läßt darauf schließen, daß es schneller soweit sein wird, als man für gewöhnlich glaubt. Die 30 % sind in Reichweite. Der Ministerposten ist gesichert.

Ein paar Minuten später betreten sie einen unauffälligen Hof an der Rue Saint-Honoré, gesäumt von altehrwürdigen Gebäuden aus dem 18. Jahrhundert. Der Chauffeur vorweg, steigen sie eine eindrucksvolle Monumentaltreppe hinauf.

– Treten Sie ein.

Ein Zimmer wie für die farbigen Seiten des *Figaro-Magazin*. Der Minister ist schon da, sitzt im Salon. Allein. Sobald die Tür geschlossen ist, fordert er Massart auf, Platz zu nehmen.

– Tut mir leid wegen all dieser Komplikationen, sagt er ohne Überzeugung.

– Nicht doch, ich bin hocherfreut, erwidert Massart. Bei unserer letzten Begegnung hast du mich in der Villa einer deiner entfernten Kusinen empfangen. Heute sind wir bei einer deiner ehemaligen Mätressen, wenn mich nicht alles täuscht. So lernt man sich besser kennen.

– Laß die Ironie. Ich bitte dich nicht um dein Wort, ich weiß, es hat keinerlei Wert. Aber wie immer unser Treffen ausgehen wird, ich empfehle dir, nichts darüber verlauten zu lassen.

Der Minister ist angespannt. Trotzdem hat er seine kleine Einleitung einigermaßen gelassen vorgebracht. Er hat es eilig, zur Sache zu kommen.

– Ich höre.

– Jetzt, da mit dem Tod des Köters die Stunde deines Ruhms gekommen scheint, was gedenkst du zu veröffentlichen? Welche grandiose Sensation?

Das ist es also. Weiter nichts als das. Solche Angst haben sie! Sinclair ist ihr Gegner, aber sie fürchten mehr als alles Skandale, egal welcher Art.

– Wir wissen es noch nicht so genau. Bei dem, was uns Fourier hinterlassen hat, stehen wir vor der Qual der Wahl.

Der Minister deutet eine Geste der Verärgerung an.

– Sei so gut und hör mit den Ammenmärchen auf. Was ist deine Kriegsbeute? Du besitzt ein Dokument, einen von Barthélemy Sinclair höchstpersönlich geschriebenen Text. Darin beschuldigt er sich des Mordes an deinen beiden Handlangern.

– Du bist gut informiert, räumt Massart leicht verdutzt ein.

– Hast du daran gezweifelt, daß es in deiner näheren Umgebung Leute gibt, die mehrere Eisen im Feuer haben? Halten wir uns nicht bei dieser Kleinigkeit auf.

– Weiter?

– Dieses Dokument ist dem jungen Sinclair entwendet worden, und zwar bei einem Einbruch in seiner Wohnung, den Fourier vor wenigen Tagen begangen hat.

Massart beißt sich auf die Zunge.

– Der Köter hat seine Quellen gehütet, wie jeder Journalist. Mir ist nicht bekannt, unter welchen Bedingungen er sich dieses Geständnis beschafft hat.

– Du wirst dieses Dokument nicht veröffentlichen, unterbricht der Minister. Weder dieses noch irgend etwas anderes, das der Köter zusammengetragen haben könnte.

– Wie bitte?

– Du hast richtig gehört. Verlieren wir keine Zeit.

– Darf ich erfahren, mit welchem Recht du mir diese Anweisung erteilst?

– Es handelt sich nicht um eine Anweisung, sondern um einen Rat.

Der Minister holt ein Tonbandgerät aus der Tasche. Es gleicht aufs Haar dem des Köters. Er läßt das Band laufen. Eine gute Kopie.

Allerdings fehlt die Begegnung mit Jonas. Es war nicht unbedingt notwendig, sie für Massarts Gebrauch zu reproduzieren. Letzterer, obwohl mit voller Wucht getroffen, hat genügend Selbstbeherrschung, um nicht zu erbleichen, nicht die Zähne zusammenzupressen etc. Er hört zu, bis zum letzten Wort.

Der Minister weiß genau, was Massart sagen wird. Die unvermeidliche Tour: Eine Machenschaft gegen die *Bewegung*, eine Imitation, eine gemeine Fälschung und vor allem: Ein Tonband hat vor Gericht keinerlei Beweiskraft. Dummheiten.

Es ist gesagt. Dem Minister bleibt der erläuternde Part.

– Man könnte eine Expertenschlacht um die Echtheit des Tagebuchs des kleinen Sinclair auslösen. Oder auch um seine geistige Gesundheit, die lächerlich komplizierten Beziehungen, die er zu seinem Vater unterhält und die ihn dazu getrieben haben können, irgend etwas zu schreiben. Nach meiner persönlichen Ansicht ist dieser Bursche ein krankhafter Lügner. Dafür findet man auf dem Original dieser Kassette aber unbestreitbar die Fingerabdrücke von Fourier. Man hat die Peep-Show ausfindig gemacht, in die er gegangen ist..., um sich zu beruhigen. Ein Zeuge hat uns berichtet, daß am Ausgang zwei Männer auf ihn gewartet haben. Die Beschreibung von einem der beiden entspricht haargenau diesem Bastien, von dem auf dem Band die Rede ist und der dich auf all deinen delikaten Reisen begleitet.

Massart steckt einen Schlag nach dem andern ein, unbeweglich, die grauen Augen in die des Ministers gebohrt.

– Warum schützt ihr Sinclair in solchem Ausmaß? Er und seine Komplizen sind unsere gemeinsamen Feinde.

– Ich schütze niemanden. Ich mache Politik. Wenn ich zulasse, daß du Sinclair und seine Mafia zerschlägst, bist du der einzige Nutznießer der Operation, und deine Bande sorgt bei den nächsten Wahlen für ein Unglück. Wenn ich dich bremse, indem ich diese Aufzeichnung veröffentliche, nimmt die Sache Dimensionen an, daß sie alle Politiker diskreditiert unter der Überschrift: «Die Mörder, die uns regieren». Die *Bewegung* wird unbeherrschbar, auch für die Regierung. Ein dermaßen gigantischer Skandal ist eine Gefahr für das freie Spiel der demokratischen Kräfte, dem wir doch alle so sehr verbunden sind, nicht wahr, *a fortiori* in Wahlkampfzeiten. Bist du der Demokratie verbunden, Massart? Es ist unvergleichlich vernünftiger, keine Wellen zu schlagen.

– Sinclairs Sohn hat diese beiden Männer getötet.

– Ist mir nicht bekannt. Dafür habe ich aber die Gewißheit, daß Vrignot auf dein Geheiß, auf einen Befehl, den du gegeben hast, noch dümmer geworden ist als vorher und dazu für sein Leben behindert. Ich kann vor allem beweisen, daß du einen deiner Publizisten ermordet hast, um einen sogenannten Märtyrer aus ihm zu machen. Falls sich jemals einer auf dieses Tonband beruft, bist du politisch gestorben, ist deine *Bewegung* im Eimer und bist du reif fürs Schwurgericht. Ich glaube mich zu erinnern, daß du nichts für lasche Richter übrig hast. Man wird dich zufriedenstellen. Schade für dich, daß es die Todesstrafe nicht mehr gibt. Aber du wirst auf Dauer die Reize dessen genießen, was *Halte!* «die Drei-Sterne-Gefängnisse» nennt. Es ist vielleicht ein bißchen unerfreulich, aber Tatsache ist: Du bist erledigt.

So angestrengt Massart überlegt und in welche Richtung auch immer, er sieht keinen Ausweg.

– Das heißt: Ich hänge in den Seilen. Was schlägst du vor?

– Nichts Besonderes, antwortet der Minister lächelnd. Das normale Leben. Bringt den Köter rasch unter die Erde, vorzugsweise in ganz kleinem Kreis, das ist würdiger. Klapper weiter die Tribünen ab, schwitz dein Hemd durch am Rednerpult. Leg dich soviel du willst mit der schlaffen Rechten an. Gewöhn dich nebenbei daran, deine Reden einem gemeinsamen Freund, den ich dir nennen werde, zu unterbreiten.

– Kurz, ich werde einer deiner Spitzel.

– Genau. Von der Kleinigkeit abgesehen, daß ich dich beim derzeitigen Stand unseres Systems über keinerlei Budget absetzen kann. Du wirst ehrenamtlich arbeiten müssen. Noch Fragen?

– ...ich habe meine Wähler, für meine Themen. Diejenigen, die ihr gewinnen wollt. Es sind viele. Sie erwarten Losungen von mir, eine Politik, die nur ich allein verkörpern kann.

– Wer verlangt, daß du davon abgehst? Im Gegenteil, Massart, nur zu, mach das Faß auf, laß deine Natur reden. Erinnere an die guten Zeiten von *Algérie française*, glorifiziere die Helden der OAS, verfluche die Säuberung, versuch, das Werk des Marschalls zu rehabilitieren, nur zu! Behaupte nebenbei ruhig, daß der Faschismus trotz einiger unglücklicher Entgleisungen, die Gaskammern zum Beispiel, der Genozid, durchaus positive Aspekte hat. Weise darauf hin, daß manche Leute im übrigen Zweifel an der Existenz dieser berühmten Kammern formulieren. Tu dir keinen Zwang mehr an. Nimm dir nicht länger nur die Einwanderer vor. Soll sich die *Bewegung* ruhig mit den Staatenlosen anlegen, die es schon immer gegeben hat, du verstehst doch, was ich meine. Respektiere gar nichts! Und weil du ein gebildeter Mann bist, begeistert von der Geschichte, versäume nicht, daran zu erinnern, daß alle Übel unserer Dekadenz von dieser absurden Revolution vor zwei Jahrhunderten herrühren. Sei Chouan![16] Ran an die Geusen! Sei du selbst! Du wirst viele damit abschrecken. Du wirst einen alten Verein von unnachgiebigen Dummköpfen stärken, die sich in dir aufs vorzüglichste wiedererkennen. Die anderen, diejenigen, die meinen, daß du dummerweise zu laut aussprichst, was sie scheinheiligerweise ganz leise denken, werden uns zulaufen. Es versteht sich von selbst, daß du im Namen der Realitäten dazu aufrufst, im zweiten Wahlgang für uns zu stimmen.

– Kurz, die Rolle des Hofnarren, der Kontrastfigur.

– Etwas anderes bist du nie gewesen. Die Zeiten ändern sich. Es sieht so aus, als wäre unser Pakt damit abgelaufen.

– Ein letztes Wort…

– Ich weiß. Du warst mit Kommissar Jonas verabredet, und er ist nicht gekommen.

– So ist es.

– Er ist tot. Herzschlag.

– Tatsächlich?

– Für diejenigen, die ihn kannten, ist das keine Überraschung. Selbst wenn er, nach meinen Auskünften, eher an Kehlkopfkrebs hätte sterben müssen. Das war die Meinung seines Arztes. Er ist gestorben, als er auf dem Weg zu dir war. Er war bewaffnet. Vielleicht wollte er dich töten. In der Vorstellung eines unheilbar Kranken mußte das eine Maßnahme im Sinne des Allgemeinwohls sein. Ein letzter Dienst an seinem Vaterland, nehme ich an. Ein Typ von der alten Schule.

– Und du weißt das alles?

– Ganz so schlecht ist es um die Polizei nicht bestellt. Seit Beginn dieser unglücklichen Affäre hat dein Köter nicht einmal gemerkt, daß Jonas ihm auf den Fersen war! Jonas war ein guter Bulle, ein bißchen Franc-tireur und viel Partisan, das gebe ich zu. Wenn du nur den geringsten Fehler machst, wird man bei ihm wie durch Zufall dieses belastende Tonband finden. Du hast dich auf der ganzen Linie hereinlegen lassen, Massart. Du bist gar nichts mehr.

Eine letzte Formalität. Klingeln. Auftritt der Helfershelfer.

Der gestürzte Führer wird gefilzt, das Spielzeugtonbandgerät gefunden. Und dabei hatte er es für so schlau gehalten, es in seiner Tasche zu verstecken. Es hätte bei Jonas gute Dienste leisten und die Angelegenheit im Sinne des Herrn Ministers regeln können. Und der geht hin – lieber Vorsitzender, du bist wirklich zu blöd – und zertritt das Ding mit dem Absatz.

– Der Unterschied zwischen dir und mir ist folgender: Wenn ich jemanden töte, lasse ich mich dabei nicht aufnehmen.

Es ist ein gebrochener Massart, den ein gleichgültiger Chauffeur ohne besondere Höflichkeit vor einem Häuserkomplex in der Rue du Louvre absetzt.

■

Brice öffnet den wattierten Umschlag.

Unmöglich, diesen Text von einer Sekretärin tippen zu lassen. Er wird sich selber daranmachen.

Die Maschine behindert ihn, er beherrscht sie schlecht. Vom Kugelschreiber zur Remington war es bereits ein großer Schritt; der Computer, mit dem er schon ganz gut umgehen kann (die gesamte Redaktion hat diesen Schritt mit ihm vollzogen) ist beim Schreiben immer noch eine halbe Zitterpartie. Brice tippt.

«Zwei Männer sind gestorben. Ich habe sie getötet.»

Es geht nicht nur ums Tippen, ums reine Abschreiben.

Er muß den Schriftgrad, die Zeilenlänge bestimmen. An den Umbruch denken, die öffentliche Präsentation dieses unmöglichen Geständnisses. Brice bastelt auf dem Bildschirm, tastet sich vor. Die Worte, die er abschreibt, gräßlich:

«Diese beiden Männer haben sich Zutritt bei mir verschafft. Sie waren bewaffnet, wirkten bedrohlich. Ihre Haltung konnte jeden beeindrukken, der nicht über eine gewisse Kampferfahrung verfügte. Ich hatte diese Erfahrung. Als ich ihnen gegenüberstand mit meinem alten Revolver in der Hand, hatte keiner dieser beiden Männer eine Chance. Ich befand mich nicht in einer Notwehrsituation. Ich habe dennoch geschossen.

Diese Tat läuft all meinen Überzeugungen zuwider.

Warum ich sie begangen habe? Warum ich sie

so lange verheimlicht habe? Bis heute kann ich keine befriedigende Antwort darauf geben.

Angst und Wut haben die Oberhand gewonnen. Und sicher ein unbewußter und voreiliger Widerstandswille. Ich kannte diese beiden Männer nicht persönlich. Ich weiß, was sie waren, gedungene Schurken. Ich weiß, wie sie auftrumpfen, an Boden gewinnen, blinden Gehorsam einführen. Wie verhindert man, daß man schon besiegt ist, bevor der Krieg offiziell erklärt wurde? Der Kämpfer, der ich war, kaum dem Jugendalter entwachsen, hat sich diese Frage oft gestellt. Ich stelle sie mir immer noch. Die private Antwort, die ich gegeben habe, ist nicht unsinnig, sie ist falsch. Oder verfrüht. Aber wie kann man vergessen, daß der Nazismus durch Wahlen an die Macht gelangt ist?

Mit wieviel Prozent der Wählerabsichten wird Massarts Partei heute gehandelt?»

■

Sach legt den Hörer wieder auf. Was er soeben gehört hat, regt ihn eher zum Träumen an, als daß er sich darüber aufregt. Sicher, er steht der Idee von einem zivilisierten, rücksichtsvollen politischen Leben nicht grundsätzlich feindlich gegenüber, warum auch? Daß sein Nachfolger an der Place Beauvau ihn zu einem (natürlich diskreten) Abendessen einlädt, gedacht für einen kleinen Meinungsaustausch, kann ihn verwundern, schockieren nicht.

Dieser Nachfolger ist ein Ganove, schön. Aber angesichts der notwendigen Kontinuität des Staates sind Empfindlichkeiten nicht am Platze.

Die wenigen Kameraden der Partei, die Sach über diesen unerwarteten Vorstoß informiert, liegen alle auf dieser Wellenlänge. Wenn man dazu berufen ist, die normalen Verhältnisse rasch wiederherzustellen, kommt man mit engelhafter Unschuld nicht weiter.

■

Der Himmel färbt sich purpurrot. Sie kommen endlich an.

Eine Serpentinenstraße zuletzt. Sinclair hält Ausschau nach der Stadt. Sie taucht plötzlich auf, jenseits der Schluchten, der vielen Unebenheiten und des Gestrüpps: Reihen von Säulen und Mauern, endlos weit. Vielleicht seine einzige wahre Erinnerung. Dort, vor seinen Augen.

Djemila hat praktisch während der ganzen Reise nichts gesagt. Der Chauffeur hat Unterhaltung gesucht, indem er über das Land, die neuen Bauwerke und ein paar aktuelle Reformen sprach. Er hat sogar ein paar Worte zu den Studentendemonstrationen in Constantine riskiert, die ein paar Wochen zuvor stattgefunden hatten. Ohne Erfolg.

Er hält mit seinem Taxi auf dem kleinen Hügel unterhalb des Restaurants, wenige Meter vor dem Eingang der toten Stadt Djemila.

Sinclair besteht darauf, daß der Wagen da bleibt und auf ihre Rückkehr wartet, auch wenn es lange dauern sollte. Er reicht dem Fahrer eine Handvoll Scheine. Djemila stößt bereits das Gitter auf. Es ist spät. Diesmal stürzt kein eigennütziger Führer herbei. Sie geht ruhigen Schritts den kleinen Weg zum Tempel hinunter. Sinclair fröstelt, wütend, daß er solchen Hunger hat. Er folgt ihr. Wie er es seit Jahren macht.

Sie sind jetzt auf dem Steinweg, gehen an den ersten Häusern vorbei. Alles ist da. Sie sind angekommen.

■

Barth macht den Umschlag auf. Zaster! Soviel Zaster! Er steckt alles ein, ohne zu zählen (vom Umfang her dürften es trotzdem kaum mehr als zehntausend Francs sein). Auf diese Weise hat der alte Bulle ihn festgenagelt. Ein schlauer Fuchs. Ein Grund mehr, schleunigst abzuhauen. Denn er ist bestimmt da, ganz in der Nähe, lauert und spioniert – mit welchem Recht?

Normal, daß er blecht. Sie haben ihn in eine unmögliche Situation gebracht, er und sein Mistkerl von Vater! Sie sollen sich nur ja ranhalten, sollen alles vertuschen. Sie sollen Frieden geben, ihn in Ruhe lassen. Sie sollen ihn nicht belästigen.

Genau das ist es: Sie sollen ihn nicht belästigen!

Er geht in die Telefonzelle, wählt die Nummer. Jemand nimmt ab, die Mutter, er erkennt sie an der Stimme, verlangt, Camille zu sprechen. Wer denn bitte? Er nennt seinen Namen. Wer? Er wiederholt seinen Namen.

– Barthélemy Sinclair, tatsächlich? Ich bilde mir ein, alle Freunde meiner Tochter zu kennen. Ihr Name sagt mir absolut nichts. Meiner Meinung nach ist es sinnlos, darauf zu bestehen.

■

Der Minister hat Sach die Kassette vorgespielt. Auch einer von denen, die gänzlich unbeweglich zuhören können. Er kann diesen frostigen, eingebildeten Kerl nicht ausstehen.

– Warum ziehen Sie mich ins Vertrauen? Haben Sie daran gezweifelt, daß Massart ein Faschist ist, mit faschistischen Methoden?

Der Nachfolger windet sich ein wenig auf seinem Stuhl. Faschist? Solche sprachlichen Übertreibungen sind immer sehr unerfreulich.

– Dieses Tonband ist von jetzt an ein Staatsgeheimnis.

– Ich verstehe Sie gut, höhnt Sach. Damit haben Sie Massart in der Hand. Ein geschicktes Manöver, das kann man nicht leugnen. Ich sehe immer noch nicht, was ich für Sie tun kann.

– Wir sind uns dahingehend einig, daß sich ein Skandal in diesem Fall sowohl für meine als auch für Ihre Partei schädlich auswirken würde?

Schön. Das Geständnis des kleinen Sinclair wird nie erscheinen. Ich bin übrigens überzeugt, daß er ein bißchen verrückt ist.

– Nehmen wir an, er wäre es. Hieße der Schuldige Sinclair?

– Nicht zwangsläufig... Er weiß von der Existenz dieses dummen Dokuments. Er muß um seinen Sohn, um sich selber bangen. Das könnte ihn zu unüberlegten Handlungen führen.

– Was hindert Sie daran, mit ihm darüber zu sprechen? Soll ich das so verstehen, daß Sie mir diese Aufgabe übertragen wollen?

– Das setzt voraus, Sie wüßten, wo er sich versteckt.

– Sinclair versteckt sich? Das ist das Allerneuste.

– Ich möchte Ihnen gern glauben. Sinclair hat Frankreich verlassen. Mit seiner jungen Freundin, nebenbei gesagt.

– Mit welchem Ziel?

– Nach Auskunft von Air France hat er vor drei Tagen einen Flug Paris-Constantine gebucht.

– Nichts besonders Geheimnisvolles also. Er macht Urlaub. Das ist alles.

– Das ist nicht ganz seine Art. Seine Freundin Djemila ist mitgeflogen.

– Was sagen unsere algerischen Kollegen?

– Sie wissen so gut wie ich, daß der Nachrichtenaustausch mit ihnen nicht so einfach ist. Offiziell genießt Sinclair vollkommene Bewegungsfreiheit.

– Was befürchten Sie?

– Kennen Sie Sinclair gut? Nein, das merke ich. Ich habe seine Akte gründlich studiert. Wie ich übrigens auch seine Bücher gründlich gelesen habe. Ich gestehe, daß dieser Mann meine Neugier weckt, auch wenn seine Ansichten den meinen zuwiderlaufen. Er ist ein unberechenbarer Theatermensch. Mit Sinn für das Wort, die Pose. Es gibt Brüche bei ihm, die Sie nicht vermuten würden. Ich habe Angst, er ist im Begriff, sich ein Ende zu inszenieren.

Sach sieht seinen Nachfolger leicht verwundert an.

– Angst?

– Warum nicht? (Der Minister ereifert sich.) Wäre er mit dieser Djemila in irgendein anderes Land der Welt gefahren, es wäre eine banale Flucht gewesen. Algerien ist etwas anderes. Das ist eine Rückbesinnung auf sich selbst, eine Art, wieder am Ausgangspunkt anzulangen. Diesem Mädchen und der Welt endlich gewisse Dinge zu sagen. Nicht zwangsläufig wahre Dinge. Dinge, die eine Biographie interessant machen können. Nicht viele Menschen haben Sinn für ihre eigene Biographie. Sinclair ist eine der Ausnahmen. Er hat es oft gesagt. Ich sehe, daß Sie nicht verstehen.

– Was wissen Sie genau?

– Nichts. Er hat nie die ganze Wahrheit über seinen Algerienkrieg gesagt. Einen Zeugen gibt es nicht mehr. Seltsam genug, daß die junge Frau, mit der er lebt, den Namen des Dorfes trägt, in dem die schreckliche Sache passiert ist, die er angeprangert hat. Die Folterung, die Ermordung dieser Kämpferin... Seine Version der Tatsachen hat sich durchgesetzt. Aber vielleicht stimmen die Tatsachen nicht mit der Wirklichkeit überein. Vielleicht führt er einen Krieg fort, der charakteristisch für ihn ist, weil er zu sich finden will. Einen Krieg gegen sich selber.

– Sie greifen einen unserer Freunde an.

– Keinen Ihrer persönlichen Freunde, Sach. Ich rede mit dem ehemaligen Minister. Und im übrigen greife ich Sinclair nicht an. Ich verstehe ihn wahrscheinlich sogar besser als Sie. Ich möchte nicht, daß er eine Dummheit provoziert. Welche? Zum Beispiel, daß er sich in irgendeinem offenen Brief des Mordes an Massarts Handlangern beschuldigt. Um seinen Sohn zu entlasten. Oder um sich in den Vordergrund der Bühne zu spielen.

– Warum sollte er das tun?

– Weil er nun einmal so ist. Die Schönheit der Gebärde muß über die banale Wahrheit siegen. Sein Sohn hat jämmerliche Faschos niedergeknallt? Ein Geständnis könnte veröffentlicht werden? Diesen Fall muß Sinclair einfach auf seine Kappe nehmen. Er will den kleinen Barth, sein liebes Söhnchen, retten, um so mehr, als es sich um einen Durchschnittsmenschen handelt.

– Sind Sie sich da ganz sicher?

Statt jeder Antwort und um die Form zu wahren, reicht ihm der Minister ein paar Blätter. Die Fotokopie von Barths «Tagebuch». Sach überfliegt sie rasch, aufs höchste bestürzt.

– Nichts als Hypothesen. Schädlich. Für Sie wie für uns. Sinclair muß umgehend erfahren, daß diese Geschichte von jetzt an begraben ist.

– Ich werde sehen, was ich tun kann.

Sach erhebt sich, seiner Sache weniger sicher. Nichts davon wird nach außen dringen, das ist nicht das Problem. Als er noch an der Place Beauvau saß, ist er mit mindestens ebenso komplizierten Fällen fertig geworden.

– Kennen Sie den Unterschied zwischen meinem Ministerium und Ihrem, Sach? Ich habe die Ausschreitungen einiger gewiefter Ganoven, die unseren Diensten, wie es heißt, nicht unbekannt sind, in Schranken gehalten. Ihre Freunde dagegen sind Dilettanten, Amateure. Bestenfalls Gewerkschafter.

Der Minister begleitet Sach hinaus. Eine allerletzte Klarstellung ist nicht erforderlich. Kein Wort von dieser Unterhaltung wird jemals durchsickern. Sie ist undenkbar, hat nie stattgefunden. Nicht nur, daß die beiden Männer sich nicht ausstehen können, nein, es ist allgemein bekannt: Sie verachten einander.

■

Wirklich ein starkes Stück, der Text. Der Minister hatte recht.

Brice hat sich nicht lange geziert, ihn Sach zur Kenntnis zu bringen. Ein Testament. Ein Schrapnell. Problematisch nur, daß man beim Chef der *Tribune*, der ständig mit seiner Gewissenhaftigkeit kämpft, stets die Form wahren muß.

– Ich weiß, du stehst im Wort. Aber du wirst mir zustimmen, daß Sinclair nicht alle Gegebenheiten zur Hand hatte, als er dich bat, dieses... Testament zu veröffentlichen.

– Du kommst mir mit Polizistenlogik, sagt Brice. Was Sinclair erzählt, ist von ganz anderer Tragweite.

– Vor allem wird er uns in den dicksten Schlamassel stürzen.

– Eine Sache der Moral, nicht eine der niederen Politik.

– Holla! knurrt Sach, der große Mühe hat, seinen Ärger zu verbergen. Ich weiß nicht, ob Sinclair oder sein Sohn diese beiden Typen abgeknallt hat, aber die Moral lassen wir dabei besser aus dem Spiel. Machen wir also in Ermangelung eines Besseren auch weiterhin Politik. Wie kann man Sinclair erreichen?

– Ich weiß nur, daß er irgendwo in Algerien ist. Im Constantinois, wenn du mich fragst.

– Kannst du eine Veröffentlichungssperre über dieses Papier verhängen, mindestens so lange, bis ich unseren Freund ausfindig gemacht habe? Das wird nur ein paar Tage dauern. Wenn er die Anweisung zur Veröffentlichung aufrecht erhält, tun wir, was er sagt. Einverstanden?

Brice zögert. Ein Gesicht, das alles sagt, von Bitterkeit zerfurcht. Das Gesicht eines Mannes, der laviert und seine Würde zu wahren sucht, selbst dann noch, wenn er die Kröte schlucken muß. Ganz abgesehen davon (wer könnte beschwören, daß er nicht daran denkt?), daß er die Aussicht auf eine Sensationsmeldung, schmerzlich, aber doch ein Knüller, dahinschwinden sieht. Es ist abgemacht, er wird warten.

■

Camille möchte Barth die Sache gern schonend beibringen. Sie hat den Eindruck, daß er nicht alles versteht, was sie ihm sagt. Er redet wie ein Kind, das regt sie auf. Die Taschen voll Zaster, spielt er den Verfolgten, den Mann, der abgeschossen werden soll. Verschanzt in einem Vororthäuschen (es ist tatsächlich das erstemal in ihrem Leben, daß Camille nach Montreuil gefahren ist), die Taschen voll Zaster, die Aschenbecher übervoll und die Scotchflasche halb leer. Es fällt ihr schwer sich vorzustellen, daß sie es vor Ewigkeiten einmal fertiggebracht hat, so zu tun, als genieße sie es unter diesem Mann. Zu Zeiten, als er noch niedlich war.

Sie sagt beharrlich, ohne zu wissen, daß es sich um ein Leitmotiv handelt:

– Es ist nichts passiert.

Nichts. Sie, ja sie hat augenblicklich verstanden, was ihr Vater ihr nach seinem Gespräch mit dem Minister anvertraut hat. Er hat ihr nicht viel darüber sagen müssen. Die Angst vor dem Skandal ist eine Erbschaft, die schon in Camilles Genen angelegt ist. In einigen Tagen wird Raoul Desgrelles offiziell dem Lager der Mehrheit beitreten. Denn, das wird er sehr laut sagen: In der

Stunde, da die Gefahr wächst und was auch immer die Risiken seien, muß jeder seine Verantwortung übernehmen. Camille hat bereits den ersten Entwurf des Textes geschrieben, den ihr Vater auf seiner Pressekonferenz verlesen wird. Sie wird Beraterin der Kampagne, er hat es ihr versprochen. Eine etwas blasse, aufgesetzte Rolle wegen ihrer mangelnden Erfahrung, in der sie sich aber beweisen wird. Sie ist geboren für so etwas.

Weit stärker als die Indexschwankungen bei dieser oder jener Umfrage wird der Anschluß Desgrelles für die gesamte politische Klasse das Zeichen für den Niedergang Massarts und seiner *Bewegung* sein. Die Marginalisierung der Extremisten.

Sich vergewissern, daß Barth stillhält.

– Kein Mensch erinnert sich mehr an das Verschwinden dieser beiden lächerlichen Halbstarken.

– Und Fourier?

– Rubrik tote Hunde. Bitte umblättern.

– Und ich?

– Du gehst nach Hause zurück, sagt sie beschwichtigend. Du ruhst dich aus. Niemand will dir etwas. Man verlangt nur, daß du schweigst.

Man müßte Barth ein paar komplizierte Dinge erklären. Über Liebe und Spielerei. Statt dessen stellt sich eine gewisse Müdigkeit bei ihr ein. Sie wiederholt: Das ist eine Nicht-Affäre. Sie kennen sich nicht oder nur sehr wenig, eine kleine Liaison im Vorübergehen. Vorbei.

Er macht auf großes Baby, seine Lieblingsnummer.

– Du hast mich nie geliebt.

Aber sicher. Der Beweis: Sie interessiert sich immer noch für ihn, ist gekommen, ihn zu trösten, zu überzeugen, daß er die ganze Episode als etwas bewahrt, das ihnen beiden gehört. Nur ihnen beiden. Ihre Geschichte. Er verspricht. Er weint. Sie geht.

Ein Stück weiter auf der abschüssigen Straße wartet ein Wagen auf Camille. Der Vater sitzt am Steuer. Sie beruhigt ihn. Alles in Ordnung. Es ist ihr sogar gelungen, den widerlichen Jungen nicht zu ohrfeigen.

Und doch hat er, ohne es zu wollen, ihr etwas beigebracht. Eine ganze Menge. Nämlich, was man besser nicht tun soll.

■

Sie sind viel spazierengegangen, fast wie Verliebte.

Der Weg, von Ruinen gesäumt, und dann hinter der Biegung das Theater, kaum zerstört, wie eine Offenbarung. Oder eine Erwartung. Dem grauen Tal, den Hügeln, der Ferne zugewandt. Das Proszenium. Mit diesen dicken, schweren, wenig verwitterten Steinen, die einen Halbkreis bilden. Sinclair geht darauf zu.

Djemila beobachtet ihn.

Es ist beinahe wie früher. Nur ein paar zusätzliche Risse im Gestein. Unterm Frost Aufgebrochenes, ein bißchen Verschleiß, die Flechtenlepra. Fast nichts. Ein unwandelbares Amphitheater. Sinclair richtet sich auf, geht mit großen Schritten auf und ab.

Wie oft hat sie es bei den Proben gesehen: Er springt von der Bühne in den Zuschauerraum, probiert eine Haltung, versucht sich in einer neuen Stimmlage. Er ist in seinem Element, seinem Rahmen. Hier, hat er ihr gesagt, hat er von einem überzeugenden Sophokles geträumt, aber auch von einer Aufführung des *Miguel Mañara* von Milosz. Eine Adaption, die er gern gemacht hätte. Er hüpft herum, klettert die Stufen hinauf, zeigt mit großer Geste auf sie, deklamiert:

– Nun ist nur noch sie hier verblieben, Djemila, die Römerin, du. Nach all der Zeit, all diesen Fluchten. Die Tochter des Krieges.

– Der Rebellion, korrigiert sie.

– Des Krieges, beharrt er, ohne auf sie zu hören. Sie läßt ihn reden.

Sie verliert das Interesse an seinen Gestikulationen. Da sind Spuren von Kugeleinschlägen in den Marmor gegraben. Winzige Krater. Seit langer Zeit verblaßtes Blut. Eine rauhe, gewittrige Gegend. Djemila geht bis zur Mitte der Bühne, dreht allem den Rücken.

Djemila, die Römerin? Nein. Die Araberin.

Die ihre Rolle so gut gespielt hat, wie sie konnte. Zumindest bis jetzt.

Von ganz oben herunter erzählt er.

Die Auskünfte hatten sich als richtig erwiesen. Sie haben sie aufgestöbert in ihrem Nest. Die

Jagd hat die ganze Nacht gedauert, die Hänge entlang, durch das Geröll, die verräterischen Schluchten mit der kahlen Vegetation. Der Himmel war sehr klar. Im Morgengrauen weiter unten das Ende der Hatz, in dieser Stadt.

– Beim alten Forum wußte ich, daß sie uns nicht entkommen würde, ich kannte das Gelände.

Ihre Begleiter hatten sich abgesetzt, niemand wird jemals wissen, wie. Sie war allein. Sie hält sie zum Narren, in der Nähe des Marktes, beim Forum, am Gefängnis. Trickst sie ein letztes Mal im Schatten des Tempels aus. Hier kommt es zu einem harten Schußwechsel. Sie schießt. Zwei Soldaten verlieren dabei ihr Leben. Sie schleicht sich davon, läuft über den gepflasterten Weg, strauchelt, man erkennt ihren flüchtigen Schatten unter dem Bogen.

Die Römer hatten ihr Theater mit seinen Ausschweifungen ein Stück außerhalb der Mauern, abseits gewollt. Nur logisch, daß es eine Falle ist, eine Sackgasse.

Sie war verwundet, unfähig, noch einen Schritt zu tun, die Waffe in der Hand. Es war fast Tag. Dann ein Feuerstoß vom Amphitheater herab. Wer?

– Du?

– Zwangsläufig.

Von dieser Stelle, wo er sich jetzt befindet, fünfundzwanzig Stufenreihen höher. Sie ist auf der Bühne gefangen. Wo?

– Ungefähr da, wo du jetzt bist.

Zusammengebrochen, nach Luft ringend auf

diesem kleinen Absatz von vier Stufen. Sie mußten in die Kulissen führen. Ein schöner Ort, um zu fallen. Der Stein ist abgenutzt, von hohen, dichten Gräsern überwucherte Spalten.

Djemila bückt sich. Sie sucht ohne große Hoffnung einen winzigen, ziemlich schweren Gegenstand, kaum verborgen unter der trockenen Erde. Eine Kugel. Stark beschädigt, an der Spitze abgesplittert. Angelaufenes, fleckiges Metall. Altersios. Eine Reliquie? Durchaus nicht. Es genügt, mit den Fingernägeln zu kratzen, zu wühlen. Zwei, drei, vier Kugeln und mehr! Eine Handvoll! Eine Exekution! Die Nägel bluten.

– Nein, brüllt Sinclair. Wir wollten sie lebend.

– Um sie besser zum Sprechen zu bringen!

Der Mörder steht ganz oben, in Sonnenlicht getaucht, daß man ihn kaum erkennen kann. Er sagt irgend etwas. Djemila versteht fast nichts. Das Theater ist so angelegt, daß es die Stimme trägt, die von unten kommt, nicht die irgendeines rachsüchtigen Tribuns, der sich im letzten Rang niedergelassen hat. Sinclair.

Djemila hebt eine weitere Kugel auf (alles ist dermaßen erhalten geblieben!) und merkt nicht, daß er die kurze Zeit nutzt, um zu verschwinden. Sich fortzustehlen.

Sie liegt mitten auf der Bühne, sie sieht. Die leeren Ränge, das verwundete Gestein. Nichts hat sich geändert seit dem dritten Jahrhundert, seit zwanzig Jahren. Und heute ist auch Sinclair nicht mehr da. Ist sicher nie da gewesen. Die Kälte kommt.

Es könnte hier so etwas wie einen tragischen Knall geben, das alarmierende Geräusch eines korrekten Selbstmordes oder einer Exekution, ein Ende, wie es sich gehört. Sinclair, der Theatralische, hätte sich darauf verstanden. Er hatte die persönlichen Mittel und den großartigen Rahmen, geschenkt. Nichts. Nicht die kleinste Schlußanekdote. Er geht weg, und das ist alles, hat einen schlechten Abgang vom Theater, auf dem er lästig geworden ist.

Es wird Nacht. Djemila sitzt auf den Stufen. Sie spielt mit den Metallstücken, rollt sie in ihrer Hand. Sie ist ruhig, besänftigt zum ersten Mal, seit sie sich erinnern kann.

Sie wird die Nacht hier verbringen. In den ausgestorbenen Straßen spazierengehen, zum Theater zurückkehren, um den Morgen zu erwarten, auf den Steinen ausgestreckt. Sie will deren Kälte spüren. Dann wird sie Sinclair vergessen haben und sich vielleicht nicht mehr besonders gut an ihre Mutter erinnern. Dann wird sie einen Wagen nehmen, nach Sétif, Algier oder, warum nicht? nach Constantine aufbrechen. Sie wird ihre alten Papiere wieder benutzen, ihre Identität von einst wieder annehmen. Ouria. Eine Zeitlang. Um zu sehen, ob dieses Land mehr als ein anderes ihr Land ist.

Eine nach der anderen wirft sie die Kugeln in die Gegend. Sie verlieren sich in der erstarrten Wut der rebellischen Steine.

■

Anmerkungen

1 **FLN:** Front de Libération Nationale; algerische Befreiungsfront, wurde 1954 gegründet und proklamierte den bewaffneten Kampf gegen die Kolonialmacht Frankreich bis zur vollständigen Unabhängigkeit Algeriens, die 1962 Wirklichkeit wurde.

2 **OAS:** Organisation de l'Armée Secrète; von nationalistischen Algerienfranzosen und Mitgliedern der französischen Algerienarmee 1961 gegründete Geheimorganisation, die durch Terror im Mutterland sowie zahlreiche Attentate auf de Gaulle die algerische Unabhängigkeit zu verhindern suchte.

3 **Maquis:** Bezeichnung für den französischen Widerstand im 2. Weltkrieg.

4 **Dschellaba:** Langes Kapuzengewand der Araber.

5 **Constantinois:** Region in Ostalgerien.

6 **Fellagha:** Algerischer Partisan.

7 **Dschebel:** Arabischer Name für Berg, Gebirge.

8 Gemeint ist der französische Marschall und spätere Chef der Vichy-Regierung, Philippe Pétain.

9 **Maurras, Charles:** Französischer Schriftsteller, der 1899 die präfaschistisch-monarchistische

Gruppe *L'Action française* ins Leben rief. Eine Wochenschrift gleichen Titels konnte 1908 zur Tageszeitung umgewandelt werden. Im Zweiten Weltkrieg unterstützte Maurras die Vichy-Regierung, deren Mitglieder zum Teil aus der *Action* kamen, und wurde deshalb im Januar 1945 zu lebenslänglicher Haft verurteilt, kurz vor seinem Tod aber begnadigt.

10 **Rethondes:** In der Nähe des Örtchens Rethondes, auf einer Lichtung im Wald von Compiègne, wurden sowohl der Waffenstillstand vom 11. November 1918 als auch der vom 22. Juni 1940 unterzeichnet.

11 **Brasillach, Robert:** Französischer Schriftsteller, gehörte vor dem Zweiten Weltkrieg als Literaturkritiker zu den Mitarbeitern der *Action française* und gab 1937–43 die Wochenschrift *Je suis partout* heraus, die mit dem Nationalsozialismus sympathisierte. Er wurde 1945 als Kollaborateur erschossen.

12 **Der Veteran von der Rue Gay-Lussac** hat sich offensichtlich an den studentischen Unruhen im Mai 1968 beteiligt.

13 **Harki:** Im Algerienkrieg einheimischer Hilfssoldat der französischen Armee.

14 **BCRA:** Bureau Central de Renseignements et d'Action; zentraler Nachrichtendienst des Freien Frankreich mit Sitz in London, von wo aus de Gaulle die Franzosen nach der militärischen Niederlage zum Widerstand aufrief.

15 Das «**Röhrenwerk**» ist die etwas respektlose Beschreibung des Centre National d'Art et de Culture Georges-Pompidou.

16 **Chouan:** Jean Cottereau, genannt Jean Chouan, war Anführer der royalistischen Erhebungen in Westfrankreich während der Französischen Revolution.